夕阳还在山那边

摩尔多瓦孔子学院
工作纪实

马相明◎著

吉林大学出版社
JILIN UNIVERSITY PRESS

·长春·

图书在版编目（CIP）数据

夕阳还在山那边 / 马相明著. -- 长春：吉林大学
出版社，2022.1
ISBN 978-7-5692-9207-7

Ⅰ．①夕… Ⅱ．①马… Ⅲ．①纪实文学－中国－当代
Ⅳ．①I25

中国版本图书馆CIP数据核字（2021）第220074号

书　　名　夕阳还在山那边
　　　　　XIYANG HAI ZAI SHAN NABIAN

作　　者　马相明　著
策划编辑　云　宇
责任编辑　周春梅
责任校对　柳　燕
装帧设计　中尚图
出版发行　吉林大学出版社
社　　址　长春市人民大街4059号
邮政编码　130021
发行电话　0431–89580028/29/21
网　　址　http://www.jlup.com.cn
电子邮箱　jldxcbs@sina.com
印　　刷　天津中印联印务有限公司
开　　本　787mm×1092mm　1/16
印　　张　14
字　　数　200千字
版　　次　2022年1月　第1版
印　　次　2022年1月　第1次
书　　号　ISBN 978-7-5692-9207-7
定　　价　58.00元

摩尔多瓦是欧洲南部的一个小国，由于历史原因，我国人民对摩尔多瓦历史、文化、教育、宗教和风俗知之甚少，甚至知道摩尔多瓦这个国家的人也不多。我有幸去摩尔多瓦工作。在摩尔多瓦工作期间，我亲身体验了摩尔多瓦人民传承的悠久的历史，发扬的斯特凡大公的民族精神，对美好生活充满向往。

摩尔多瓦国土面积不大，但根植于欧洲的思想传承以宽阔胸怀容纳着各种文化。摩尔多瓦人民不但能歌善舞，而且保持着浓郁的民族情结，给我留下了深刻的印象，他们对中国人民的热情友好对我触动很大，我心中有一种强烈的责任感，觉得应尽自己所能把摩尔多瓦人民介绍给我国人民。怎么介绍？就从自己工作、生活的点点滴滴开始吧！让读者自己去品味摩尔多瓦的历史、文化、教育和风俗等方面和我国的不同。

本书是 2017 年 2 月完成的初稿，当时我准备回国，"摩尔多瓦中国学协会"负责人雷笃先生邀我喝茶，谈到我完成的书稿时，雷笃先生很感兴趣，并说"摩尔多瓦中国学协会"一直在为促进中国人民和摩尔多瓦人民相互了解和交流而努力，因此协会愿意用罗马尼亚语和汉语两种文字出版我的书。我欣然接受了他们的要求，并签署了汉语和罗马尼亚语两种文字的出版合同。由于要翻译成罗马尼亚语，故出版期限为两年时间。

2019 年初，出版合同快到期了，雷笃先生告诉我，由于协会经费问题，书稿翻译不能继续了，他一直在想办法，可合同要到期了，经费还不能解决，他们不能按时履行合同了。其实在签署合同前，我曾担心过他们协会的经济来源，也问过他们出版经费如何解决。"摩尔多瓦中国学协会"是由一些在中国学习、工作过，汉语水平比较高，热爱中国和中国文化的摩尔多瓦各行各业人士组成的，他们不遗余力地宣传中国，介绍中国，一直为中摩文化教育、商业贸易的交流与合作努力工作着。我作为一名中国人很佩服他们，另外，我给他们的初稿需要时间梳理修改。于是我就放弃了用中文和罗马尼亚文两种文字出版。

2019 年初，我向校领导汇报我写书的经历后，学校负责科研工作的领导表示他们非常支持我的想法，愿为宣传中国和摩尔多瓦的文化交流提供帮助，完成我出书的心愿。

在此我非常感谢我校负责科研工作的领导和"摩尔多瓦中国学协会"对我的鼓励和支持。

马相明

2020 年 12 月 3 日

内容提要

本书是一部纪实性文学作品，描写了一位教师退休后仍心系教育、心系中华文化的传播，为了实现走出去教汉语的夙愿，他毅然决然地放弃了在家享受天伦之乐，一个人去异国他乡圆教授汉语、传播中华文化之梦的精彩旅程。书中的所见所闻从不同的方面提出了一个又一个大家既熟悉又陌生的问题，作者在书中给出了答案，当然也不是唯一的答案。

小说毕竟是反映现实生活的文学作品，是从生活中精选出来的精彩片段，是对生活的一种看法、认知和态度，旨在给人们一幅画面、一种解释或一个答案，以供不同认知能力的人去理解。其实也是和读者一起不断地发现中国文化和南欧文化的差异以及源远流长的人文交流和友谊。

孔子学院遍布全球一百多个国家，是 21 世纪波澜壮阔的中国文化推广事业中的主要推手，是中国和世界各国文化教育交流的一个重要载体，是一扇进行汉语语言教学、介绍中国优秀传统文化、宣传中国几千年文明发展进程的窗口。孔子学院在全球范围内提供汉语和文化教育资源及服务，为世界范围内的汉语教学做出了贡献。其主要的一项工作就是给全世界的汉语学习者提供规范、权威的现代汉语教材，提供最正规、最主要的汉语教学渠道。

摩尔多瓦是南欧的一个小国。中国人对摩尔多瓦了解甚少。作者在摩尔多瓦首都基希讷乌工作之余，尽量近距离接触摩尔多瓦的历史、文化、教育和风土人情，并在小说里做了详细的描写。好让更多的中国人了解摩尔多瓦，加深两国人民的相互了解和传统友谊。

一名退休教师能在异国他乡继续教书、传播中国文化是一件很有意义的事，就像书名《夕阳还在山那边》，夕阳散发余晖，继续发挥余热，为汉语推广工作尽绵薄之力是每一位教师的心愿。摩尔多瓦（前苏联的加盟共和国）教育无处不显露出苏联教育制度、教学方法的痕迹，但它执行的是欧盟统一的教育体系学分标准，和我国的教育体系还是有差别的。为了全面了解摩尔多瓦的教育现状，作者利用假期做志愿服务者，到幼儿园、小学直接辅导孩子们学习汉语，亲身体验了教育理念、教育方法，仔细了解了教学环境。书中对各方面有一些描述，勾勒出了摩尔多瓦从幼儿园到大学教育的轮廓，读者可从这些轮廓中去解读中国和摩尔多瓦教育的相同和不同之处。

　　出国留学或工作是一些国人的梦想，有些人认为在国外生活或工作是很美好的，作者详细地描写了国人在异国他乡学习、工作时遇到的琐事以及生活、工作上的尴尬，反映了一个人在国外学习、工作时的孤独感和长时间的寂寞。

目 录

Contents

一、春节前赴任

　　春节临近了，天南海北的人们都筹划着一件事——回家过年。千百年来在中华大地上春节文化发生着微妙变化，可回家过年全家大团圆的传统思想没有丝毫的改变。各行各业都在准备着春节放长假，进城务工的农民工开始返乡了，由于春节一票难求，很多买不到火车票的农民工骑着摩托车，后衣架上驮着行李浩浩荡荡行驶在南方的条条公路上，打造了一条独特的亮丽的风景线。各个学校也开始陆续放寒假了，憧憬春节的主力军、高校的学子们一波又一波踏上了回家的旅途。中国的春运大戏已经拉开了帷幕，演出正酣。滚滚的人流主要是从东南向西北进发，从东向西列车一票难求实属情理之中。

　　在渭河边上的渭阳火车站的站台上站着七八个人，在他们中间的人身高约 1.7 米，身着黑色呢子大衣，两鬓有点斑白，看上去就 50 多岁，神采奕奕，身旁放着一大一小两个箱子，看来是要出远门了。在春运这个节骨眼上，渭阳大学的退休教师江一舟要去欧洲工作。还好从西向东的列车上人不是太多，不多时火车进站了，在家人、朋友和同事的簇拥下，江一舟上了车。

　　东去的列车在寒风中奔驰。离开了故里，离开了家人。此次离开的感觉和以往不同了，年已花甲远离亲人、赴万里之遥的异国他乡工作，江一舟的心情很复杂。

　　在火车进站前，江一舟又亲了亲才七个月大的外孙子，准备上车时，女儿拽着爸爸的手，眼里含着泪花说："爸爸，女儿不放心，这不是二十几年前你去澳大利亚的时候了，我很担心啊！"是啊，二十几年前，风华正茂、意气风发的江一舟赴澳大利亚留学，家里人是多么的自豪高兴。当时女儿才五岁，她不懂出国进修是干什么，一听到爸爸要走就哭了，不让走。可当听别人说爸爸出国学习是多么好的事时，女儿又显得很高兴。今非昔比，不过既然做了选择，就走自己的路，踏踏实实地走下去。

半夜零点五十分，土耳其航空公司的 TK0272 次航班准点起飞了，夜晚的北京城灯火通明，一条条街道就像一条条金龙见首不见尾。再见了北京。不一会儿飞机就飞到了万米高空。江一舟长期的教师生涯使得他生活十分规律，晚上 11 点就寝。而现在天都快亮了，他已经很累了，该休息一会儿，江一舟把座椅靠背往下放了一点，盖上了毛巾被，躺着休息了。

约 7 多个小时的飞行，终于到港了，当地时间凌晨 5：30，飞机平稳地降落到伊斯坦布尔机场，这是离摩尔多瓦基希讷乌机场最近的机场了。摩尔多瓦没有直飞中国的航班，要么从俄罗斯谢列蔑契娃机场转机，要么从德国慕尼黑机场转机，而在土耳其伊斯坦布尔机场转机时间是最短的，只需十个多小时。江一舟浑身像散了架似的，像他这个年龄的人已经很不错了。江一舟从行李舱取下手提包，随着人流走出了机舱，迎面雪花纷飞，空气湿冷，可格外新鲜，江一舟深深地吸了一口新鲜空气，顿时感到舒适多了，一半疲惫不知跑哪儿去了。两辆加长机场大巴把乘客们接送到了航站楼一楼的转乘处，排队安检，机场安检很严格，解皮带、脱鞋子，大家面面相觑，微笑里流露出一丝尴尬。

由于时间太早，候机大厅航班显示屏上还没有伊斯坦布尔到摩尔多瓦首都基希讷乌的信息。江一舟只好坐在候机大厅等待。天蒙蒙亮，江一舟向候机大厅外面望去，在灯光处风卷着雪花上下翻飞，一会儿卷上天空，一会儿直冲地面，颇为壮观。除了墙角旮旯处雪堆了起来，其他地方的雪都融化了，看来是不会影响飞机起飞的。快 7 点了，显示屏上出现了转机去基希讷乌的乘客在 501 号登机口登机的信息，起飞时间是 7：45。江一舟一直坐在航站楼二楼，找遍了二楼登机口，就是没有 501 号，他急忙问了机场工作人员，才知道 501 号登机口临时改在一楼。

一楼候机厅不大，只有两三个登机口，看来是支线飞机登机的地方。向东望去，天边泛起了鱼肚白，飞机迎着飞雪冲上了天空，向东北方向飞去，大约飞了 40 分钟，空中的乌云少了，天空洁净了起来，不多一会儿全是蓝天白云了。到基希讷乌机场时，天空已放晴。基希讷乌是摩尔多瓦的首都，也是摩尔多瓦唯一有机场的城市。飞机在滑行，江一舟从窗户往外看去，机场不大，没有航站楼，只有一座两层楼房，机场上没有几架飞机，硬件设施也不完善，甚至有点破旧，和人们想象中的一个国家的首都机场还是有出入的。

飞机停稳了，人们依次走出了机舱，凛冽的寒风让人一下子喘不过气来，江一舟急忙拿围巾捂住了脸，从舷梯上小心翼翼地走到地面上，有些地面上还结着冰。江一舟跟着大家来到了基希讷乌机场的入境处，就是刚才在飞机上看到的两层高的小楼，入境处不大，有两个入口，人们在入口处排了两队，入境查得很仔细，就那么二三十个人花了近半个小时才得以入境。这才算真正踏上了摩尔多瓦的国土，江一舟心里轻松了许多，他来到了取行李处，两台皮带机已经运转起来，把乘客的行李箱往外送。候机厅出口处挤满了人，江一舟一眼就看见，站在最前面的人群中有几名中国小姑娘跺着脚搓着手，不停地向他招手，顿时觉得一股暖流温暖了全身，这是孔子学院的志愿者和教师们在寒风凛冽的候机厅门外等待着他。江一舟很快拿到了行李，走出了候机大厅，老师们和志愿者围到了他跟前。这些从未谋面的中国人，他们好像久别重逢的师生，倍感亲切。

"江教授好，我们是孔院的老师，他们是孔院的志愿者。"

"谢谢大家，这么冷的天，你们在外面冻坏了吧！"

"基希讷乌就是这样，经常刮风。"说话者是一位个不高，皮肤白皙，

一、春节前赴任

留着一头黑黝黝的短发的姑娘。她穿着黑色的羽绒服，围着一条红色围巾，手里拎着很时髦的手提包，30岁左右，干练、漂亮、洒脱。

"江教授，我给您介绍一下，我是孔院的林老师。"

江一舟来摩尔多瓦前就联系过林院长，他心里很佩服这位年轻的孔院院长。

"这位是安丽娜，这位是布可娜，她们俩是孔院的秘书、摩尔多瓦人，她们可以讲英语、汉语。这几位是赵娜、李晓燕、刘梅萍、罗玉珊和陈岚竹，都是孔院的志愿者老师。我们来接您。"

"谢谢大家！谢谢大家！"看到成熟、干练、朝气蓬勃的年轻院长和其他老师、志愿者都来机场接自己，江一舟很感动。他心里想："孔院全体出动来接我，看来孔院很看重自己、需要自己，自己是一名老教师，得有个老教师的样子，踏实努力工作，不能辜负大家的希望。"两位志愿者帮江一舟推着行李，江一舟和大家一起走出了候机大厅。江一舟有一种到家的感觉，志愿者都是国内大学选拔的在校硕士或本科生，她们年龄比自己的孩子还要小，在江一舟面前她们都和自己的孩子一样，江一舟心里踏实了。

摩尔多瓦的出租车都是网约车，打车得下载约车软件或打电话约车，不管你在哪儿，出租车在几分钟内肯定到。没有在街上招手打车的现象，在摩尔多瓦人们不习惯招手打车的业务。摩尔多瓦的出租车公司之间竞争很激烈，出租车公司收到乘客的打车信息后，会派离乘客最近的地方的车过来，尽量提供最优质的服务。基希讷乌有好几个出租车公司，每个公司都有热线号码，如14999、12888，只要拨通电话，告诉乘车地点，不管是白天还是黑夜，一般回复是"车五分钟就到"。就出租车的车型而言，不管哪家公司，出租车都不大，基本上是两厢经济紧凑的小型车，有德国车、英国车、美国车、日本车、韩国车和罗马尼亚车，没有统一的车型。

基希讷乌国际机场的出租车由机场出租车公司统一管理，管理人员统

夕阳还在山那边

一派车，随到随走，很方便，只不过乘客得到出租车区去乘坐，而且管理人员会问去什么地方，并且告诉租车打表，费用大约多少钱，问乘客是否同意。从机场到市区一般是100列伊，相当于人民币30元左右。当然也有黑车，在机场出口处拉客，看到乘客人生地不熟，会悄悄地用英语乱要价，高达40欧元甚至50欧元。

离开了机场，车向西北方向开去，江一舟向外望去，到处枯枝朽叶，没有一点生机，不时地看到路面坑坑洼洼，被汽车溅起的积雪冰碴散在了路边。车走了十几分钟就进入市区了，看似有点荒凉的基希讷乌，有些破旧的有轨电车、大巴一辆接一辆地行驶在各自的线路上，井然有序。各种小车，名车不少，以欧洲车为主，宝马、奔驰随处可见。据说摩尔多瓦进口汽车不上税，不过他们自己就没有汽车工业，最便宜的车也是罗马尼亚生产的。

随着红绿灯转换，各种车辆从容地奔驰在各条大街上。街道两旁基本上是罗马式的圆顶建筑，也有哥特式的尖顶建筑，各种名牌商品的商店格外引人注目。人行道上人流熙熙攘攘，以金发碧眼的当地人为主，他们从容地享受着简单而平静的生活。

从机场到基希讷乌市区很近，20多分钟就来到了市区的一片三角地，三条大街朝东、南、西三个方向延伸。他们来到了基希讷乌的主街斯特凡大公大街东头的三号公寓楼，一栋九层高九个单元的白色住宅楼，看来楼龄不小了，可能是二战结束后，或是苏联时期修建的。一楼是商店，二楼以上是住宅，孔院秘书安丽娜给江一舟租了一套七单元四楼的房子。进了单元门上二楼就可乘电梯，电梯很小，最多站四个人，他们进了电梯，电梯门吱咕吱咕地关上了，然后就听到电梯齿轮"咣当当，咣当当"地把电梯提到了四楼，咔嚓往下一沉，四楼到了，门又吱咕吱咕地好不容易开了。江一舟第一次坐这样的电梯，手心捏了一把汗。志愿者老师告诉江一舟，基希讷乌的旧宅楼的电梯都是这样，他们已经习惯了。

江一舟和老师们走出了电梯，打开了右边的一个屋门，进去又打开了左边屋门，这才到了租的屋子里。江一舟四下打量了一下，屋子不大，进屋门是过道，地面铺的是塑胶纸。过道的一头是卧室，木地板都变形了，摆着一张一米五的双人床，靠墙是一个大衣柜，临街的一面是窗户。过道的另一头是厨房，有六七平方米，挨着厨房的就是洗手间，过道的中间就是客厅，客厅的正面是菱形的，菱形的墙上有两个不大的窗户，中间摆了个电视柜，上面摆着一台大头电视，左边摆了一个东欧风格的饰品柜，里面摆了几套玻璃杯，有高脚杯、俄罗斯瓷茶杯和小茶杯。右边放了三张沙发，两张单人的，一张双人的，仅从款式上来看就知道是20世纪七八十年代的了。木地板上铺着一块六平米见方的旧地毯。

　　一直在等江一舟一行的房东是一位40多岁的中年妇女，身形富态，满脸堆肉，嘴唇画得像坏了的红樱桃，猛一看脸面就像一个扁洋葱。一进屋，这位貌似欧洲贵妇人的房东嘴里不停地在说什么。江一舟听不懂她在说什么，只是礼貌地笑笑。从离开家到摩尔多瓦已经20多个小时没好好休息了，鞍马劳顿，江一舟已经很累了，他只想休息一会儿。孔院秘书安丽娜和志愿者把江一舟的箱子放到了客厅，看到江一舟满脸倦意，她就把罗马尼亚语和俄语两种文字的租房协议递了过来，用英语给江一舟简单地解释了一遍。江一舟表示同意，并在租房合同上签了字，付了定金和一个月的房租，房东满意地和江一舟握握手，转身穿上黑色的貂皮大衣离开了屋子。

　　"江教授，您先休息一会儿，过会儿我们来接您去吃午饭，为您接风洗尘。"

　　"好，好！"江一舟嘴里答应着，心里想，都晚上了还吃什么午饭？江一舟时差还没倒过来，摩尔多瓦和中国时差是六小时，摩尔多瓦时间还没到中午，江一舟简单地收拾了一下，就跟大家出去了。

　　第二天了，学院安排江一舟上午休息，下午去使馆报到。可下午学院秘书打电话，让江一舟去见摩尔多瓦国际语言学院的校领导。从江一舟住处到摩尔多瓦国际语言学院有4站路，有好几路车可乘。可他初来乍到，也不知道在哪个车站上，哪个车站下。况且他只知道学院的方向，不知道如何走。他觉得步行才能尽快地熟悉环境，于是江一舟提前半小时下了楼，沿着斯特凡大公大街向市中心走去。

江一舟走了不到300米，来到了斯特凡大公街的第一个十字路口，这是基希讷乌最大的交通枢纽，两条八车道公路的交会处，行人走地下通道。地下通道是井字形的，可通向人行道的六个方向，江一舟沿着台阶来到地下通道，通道的两侧是灯火明亮的商店，有艺术品纪念品店、快餐店、理发店和百货店，商品琳琅满目，令人目不暇接。江一舟只顾看商店了，有点迷失方向，只能向他认为对的方向走，来到了人行道上一看，没错，是斯特凡大公街右边的人行道。江一舟沿着人行道快步向前走，他心里没数从公寓到学校需要多长时间。此时的他有点着急，第一天报道绝对不能迟到，他想加快步伐，可基希讷乌斯特凡大公街的人行道确实不好走，没有一段完整的路面，地砖不是碎了就是没了，沙坑一个接一个。他越急越走不快，就这样，江一舟高一脚低一脚快步向前走去，走了不到30分钟，前面楼顶上有四个红色字母UISM的大楼出现在江一舟的眼前，UISM就是摩尔多瓦国际语言学院的罗马尼亚语缩写。昨天江一舟吃完接风洗尘的午餐后，他和老师们来过一次学院，但是从哪个方向来的他不清楚，现在看到大楼了，可从哪儿过去他不知道，已经9：15了，距离约好的时间还有15分钟。怎么办？江一舟再仔细一看，怎么来到大楼后面了？他马上原路返回主街，向左拐来到了摩尔多瓦国际语言学院的正门，上了台阶，走进一楼大厅，他一看时间还有点早，就坐到大厅休息区的椅子上，紧张疲惫使江一舟有点怀疑他的选择，孑然一身来到异国他乡，何苦呢？他此时的心情有些低落，完全没有了出国前的决心和勇气。

二、谈退休生活

　　金秋时节，西北黄土高坡的景色美不胜收，各种山花开满了山坡沟壑。以黄、白为主的各种单层花瓣的小野花，随着阵阵微风翩翩起舞。这些简单朴素、不怎么起眼的小野花在尽情地享受着大自然赐予它们的世界的同时，给生活在这里的人们增添了多少诗情画意。从山下到山上的树叶开始变色了，山下的依然绿葱葱的，往上走就变成了深绿色、红色、黄色和褐色了。漫山遍野层次分明，五彩缤纷，西北的黄土高坡其实也是很美的，只不过要慢慢地细心欣赏而已。

　　工作了四十多年，江一舟就要退休了，也该退休了。从十几岁还是愣头小伙时开始工作，到了如今鬓发雪染。他回首往事，心里很欣慰。他出生在困难时期，经历了多少次社会的变革。几十年来风风雨雨，全凭自己不懈地坚持学习，踏实地工作，一步一步走完了人生的事业旅程。

　　江一舟深深地领悟了一个道理：人生之路平坦也好，崎岖也罢，总得向前走。他踏着岁月的脚印不停地走，一直向前走。他想，有一天走不动了，就停下吧。不管你走哪条路，路是没有尽头的，但你是有终点的，绕道也好，走捷径也罢，到站了你就得下车。

　　江一舟站在北山坡上，望着高楼林立、大街小巷爬满了汽车、各个角落人流如潮的市区，长长地出了一口气。这就是人们希望的繁华景象吗？这就是人们理想的生活吗？自己也说不清。他想着自己要退休了，无事一身轻了，心里轻松多了，再也不用操这个心、那个心了，再也不用备课、写教案、上课、改作业、出题、阅卷、分析试卷或者开会、写材料、汇报等等，这一切已与他无关了。人生最长的一段路到站了，该下车了，本来都是过客，谁又能不下车呢？

从明天起就可以睡到自然醒，再也不用因为担心迟到而急急忙忙上班了。话是这么说，可江一舟的感受和退休老师的感觉是一样的，多多少少有点不习惯，虽然江一舟不像有些老师，尤其是做管理工作的老师一样，成天担心退休了闲下来没事做怎么办，好像得了退休恐惧症似的。这让他想起了前天下午，有位快要退休的学院领导来到了他的办公室，向江一舟请教："江教授，我快退休了，这几天寝食难安呀！上班几十年了，这一下子闲下来，有点闲不住，心里很不安啊！你对退休有什么想法？"

"我的院长大人，年龄不饶人啊，我们这个年龄有些事已经力不从心了。以前一天工作十几个小时，都不知道累，有时候连夜加班，第二天照样按时上课、开会，现在行吗？我们这代人什么样的苦没吃过？什么样的困难没有克服过？我们丰富的经历就是我们最宝贵的财富，虽然人退休不上班了，可我们还是学校的人，为学校发展建言献策、做一些力所能及的事是我们的责任和永远的工作。"

"是啊，江教授，我们这一代人的人生经历很丰富，又在学校工作几十年，虽不能说桃李满天下，但也培养出了不少学生，不枉为教师一场，每当想到我们培养出了那么多的学生，就觉得这一生很踏实。"

"是啊，人生的旅程是有站点的，到站了就下车，这是自然规律，不以人们的意志为转移。有多少聚，就有多少散。聚散循环如日出日落，送走了一个接一个人的青春年华，染白了一个又一个人的双鬓。人们天天享受着聚的欢乐，散的忧愁。"

其实江一舟是个工作狂，工作起来不知劳累，事必躬亲，和同事们工作关系融洽并能承担责任，所以大家喜欢和他一起工作。可退休的时候不存在喜欢或不喜欢，这个没有选择，只是顺从自然规律而已。六十岁是国家法定的男性退休年龄。六十岁是该休息的时候了，不管自己再努力，很多工作岗位已经不能胜任，力不从心了。

　　工作了四十几年，换过几次工作单位，在不同工作岗位上和大家一起工作了这么长时间，说离开就离开了，虽说不上舍不得，但不习惯是很自然的，这种感觉再正常不过了。江一舟是位性情中人，为人正直，办事有点较真，工作一直勤勤恳恳，任劳任怨，这都来自他内心对工作的执着和好强。虽然他面对退休很坦然，没有丝毫像他曾形容过的一些人对退休的"恐惧"感，但他觉得不管什么人都得有个适应过程，他自己也不例外，需要慢慢地去适应退休生活。

三、招聘信息

又是春暖花开时，迎春花、丁香花、樱花、海棠花开满了校园和家属区，当然最显眼的就是五颜六色的玫瑰花了。再往山上望去，苹果花、梨花、桃花、杏花，山上山下是花的海洋。开学了，校园里学生、老师熙熙攘攘，各自忙着自己的事。

睡了个自然醒，吃了早点，出去散散步，快 10 点钟了，江一舟回家要路过菜市场顺便买些菜。他边走边看盘算着买什么菜，电话响了。

"江老师，我是外语学院办公室的小张，您在忙吗？说话方便吗？"

"小张，我在菜市场，准备买些菜。没忙什么，有什么事吗？"

"也没什么大事，我就是想问一下，您有没有打算去海外孔子学院工作的想法？"

"到海外孔子学院工作？"江一舟一听有一点惊讶，他心想自己曾经确实有过此想法，觉得发挥自己的特长去国外工作一段时间是一件非常有意义的事，可一直没有机会，他一直希望自己所在的学校有一所孔子学院，到时候如有机会的话，考虑去工作或出去看看。

"江老师，是这样的，国家汉办 / 孔子学院总部在网上招聘对外汉语教学的老师，我觉得您的条件很合适，不知道您愿意不愿意报名试一试。"

"我能行吗？"

"江老师，兄弟院校的老师让我帮他们宣传他们大学孔院在招聘教师的信息。我看后觉得您很合适，他们特别需要有高级职称的老师。他们还说如果有高级职称的老师报名，在国家汉办选拔考试合格的情况下，他们会优先录取。"

"哦，那是件好事。去海外孔院工作，对我来说是新鲜事。小张，你知道我不教书已好多年了，现在退休了，捡起教书的老本行倒是挺好的，专心去教几年书也是我的一个心愿。"

"江老师，那就太好了，让我们一起努力来实现您的愿望吧。江老师，您教过我们学校的留学生，如果去国外教汉语，弘扬中国文化一定是轻车熟路、大有作为的。另外，我觉得您换个地方教教书，也可丰富一下退休后的生活。况且是对外汉语老师，凭您多年的外语教学经验和汉语知识，在国外大学教汉语绰绰有余。"

"小张，谢谢你的关心，你快把我捧上天了，不过我确实考虑过出去工作的事，但没想到这么快你就给我带来了好消息。这样吧，小张，你先查查我有没有资格报名，重点是年龄。"

"江老师，我已经问过了，今年年龄放得宽一些，您完全有资格报名，而且我和孔院的老师联系了，他们也欢迎您报名。"

"小张，我想知道是哪个国家的孔子学院，我去合适吗？"

"是欧洲南部一个小国家摩尔多瓦一所大学的孔子学院。他们急需像您这样的老教师，他们打电话说，只要您愿意，他们非常欢迎，因为他们准备开设英汉翻译专业课，需要有高校教学资格的老师任教，有高级职称的老师更受欢迎。另外我想您刚退休，闲着是一种人才浪费，不如去试试，过渡一下，也好适应退休生活。"

"谢谢了，小张，谢谢你的关心，我回去考虑考虑，和家里人商量商量再做决定吧。"

"好的，江老师，您可以先上国家汉办的网站看看，上面有详细的招聘信息，您仔细看一看，了解一下情况再决定。"

小张的一席话并非恭维，对江一舟触动很大，他开始认真考虑退休后是否外出工作的事了。其实在摩尔多瓦国际语言学院和国内大学商谈合作

夕阳还在山那边

建立孔子学院前，江一舟就听同学讲过此事。不过那已是六七年前的事了，他早已忘记了此事。当小张提到摩尔多瓦时，江一舟并不感到陌生。他觉得摩尔多瓦有点熟悉，他曾经上网查过这个国家，而且还到国内相关大学外事部门详细了解过此学院。当时他想了解更多的教师和学生交流的情况，并没有想过自己去摩尔多瓦工作或留学。于是他很快就查到了摩尔多瓦国际语言学院的网页，仔细浏览了一下网页，重点浏览了摩尔多瓦国际语言学院的外语学院和孔子学院的网页，对孔子学院和外语学院有了初步的了解。

四、艰难的选择

摩尔多瓦共和国是一个位于欧洲东南部的小国，面积不大，只有3万余平方千米，人口约350万。东北和乌克兰接壤，西南接壤罗马尼亚。国家的版图就像一串倒挂的葡萄，北部相对开阔一些，南部显得狭窄。摩尔多瓦全境几乎全是丘陵，大部分地区海拔在100~300米之间，境内最高的丘陵海拔为490米。

摩尔多瓦是一个多难的国家。罗马尼亚和摩尔多瓦两个国家可以说是同根同源，都是达契亚人的后裔。后来沙俄力量崛起，势力扩张到摩尔多瓦，摩尔多瓦并入了俄罗斯的版图。苏联时期为了加强对摩尔多瓦的统治，苏联向摩尔多瓦移入大量俄罗斯人，改变了摩尔多瓦的人口结构，移民主要居住在德涅斯特河右岸。现在摩尔多瓦人占总人口的76%，还有乌克兰人和俄罗斯人。

历史上摩尔多瓦的主要民族是达契亚人，在13、14世纪时，蒙古鞑靼人和匈牙利人入境，达契亚人逐渐分为三支，即摩尔多瓦人、瓦拉几亚人和特兰西瓦尼亚人。1359年，摩尔多瓦人建立了独立的封建公国，1487年后沦为奥斯曼帝国的附庸国。1812年，俄国将摩尔多瓦领土比萨拉比亚划入俄国版图。1859年1月，摩尔多瓦和瓦拉几亚合并，称作罗马尼亚。1878年，摩尔多瓦领土比萨拉比亚再次隶属俄罗斯。1918年1月，摩尔多瓦宣布独立，同年3月和罗马尼亚合并。1940年6月，苏联将比萨拉比亚划入苏联版图，并将比萨拉比亚大部分领土与德涅斯特河左岸的摩尔达维亚自治共和国合并，成立了摩尔达维亚苏维埃社会主义共和国，成为苏联十五个加盟共和国之一。1990 年，摩尔达维亚苏维埃社会主义共和国改为摩尔多瓦苏维埃社会主义共和国，1991 年 5 月 23 日改为摩尔多瓦共和国，1991 年 8 月 27 日宣布独立。

摩尔多瓦国际语言学院是摩尔多瓦独立后为数不多的摩尔多瓦民办大学之一，其校长茨兀·米哈伊在摩尔多瓦共和国独立后不仅在商界名声显赫，在政界也很有影响力，曾在中央政府部门工作过，而且经营国际贸易、农场、房地产，办教育、提高国民教育水平也是他热爱的事业之一。

摩尔多瓦国际语言学院的办学宗旨是走国际化的办学道路，以语言教学为特色，外语学院开设有英语、法语和汉语等语言专业。摩尔多瓦国际语言学院是摩尔多瓦全国唯一的一所和中国高校合作开办孔子学院的高校，除开设汉语专业外，还和韩国教育机构合作开设韩语教学中心教授韩语。同时开设的专业还有法律、文学、生物医学、生物学、历史和国际关系学等。其办学模式是宽进严出，按照欧盟高等教育办学条例，高中毕业或有同等学力就可以入学，大多数专业学习三年就可获得本科文凭。

回到家里，江一舟打开国家汉办 / 孔子学院总部的官网，详细阅读了招聘通知。自己符合招聘条件，也就是说自己可以报名参加选拔。自己年已花甲，已退休的人了，该如何选择呢？这给江一舟出了一道难题。上天眷顾，自己刚有了外孙子，是享受天伦之乐呢，还是再次迎接挑战，走出国门，为弘扬中华文化尽自己的绵薄之力？

过了两天，江一舟接到了小张的电话。

"江老师您好，有好消息了吗？"

"还没有，小张，我想知道报名的手续是否很复杂。"

"不复杂，很简单，您按照汉办报名要求把您个人需要提供的材料给我，我给您报名，如果还需要什么材料，我就给您打电话，您看行吗？"

"那太好了，谢谢小张，这样吧，我考虑好了就告诉你。"

江一舟身体一直很好，从外貌上看不像已退休的人，有些教师不相信江一舟到了退休年龄。小张觉得江老师应该继续工作，否则是人才浪费。当小张看到国家汉办的招聘通知时，第一时间想到的是江一舟，也是情理当中的事了。

江一舟挂了电话，走出家门，沿着小区的街道散步，他习惯有事走走后再决定。他边走边想，脑海里全是汉办招聘汉语教师的事。他能去吗？去了能干好吗？家里人支持吗？这可不是出差或短期学习，虽说一年有一次探亲假，可这一去工作至少得两年。江一舟也担心，自己在工作之余能照顾好自己的生活吗？

江一舟走出小区，爬上小区后面的山坡。果园里树上的花随风飘落，果树下面铺了厚厚的一层花瓣，风一吹犹如海上泛起的浪花，由远而近，还伴随着沙沙的花瓣卷起的声音，恰似花仙子跟着音乐翩翩起舞。多美啊！江一舟喜欢自然，常常陶醉于自然之中。

既然符合条件，身体没问题，家里走得开，出去工作两年，特别是教授汉语，满足一下多年的夙愿，这不很好吗，就报名试试，不一定能去，还要考试选拔。自己多少年没有参加过考试了，现在已退休了要参加考试，是一次难得的机会，勇敢地抓住机遇迎接挑战。考上考不上难说，考不上有考不上的好，安心享受天伦之乐，也不后悔，自己努力了，参与了。考上了也好，身体还可以，就出去再工作两年，也了却了传播中华文化的心愿。现在国家需要，自己有能力而且大家都支持，这不很好吗，江一舟决定报名参加选拔考试。

"小张，我是江一舟，我已决定参加汉办外派教师的选拔，你就给我报个名吧，我想试试。"

"江老师，没问题，我一会儿就看着给您报名。"

"小张，需要提供的个人材料，我都发到你的邮箱里了，你查一下是否合适，还需要什么个人信息的话就告诉我，我再发给你。另外你再问问省里的主管院校还要我准备什么。"

"没问题，江老师。"

"那好，就这样了，再见。"

年已花甲，过了年富力强的阶段。虽不敢言力强，但年富绰绰有余。积累四十多年的工作阅历，可算得上久经考验了，经得起任何风吹浪打，扛得起千斤重担。其实在很多老龄化的国家，60岁正是为国家出力的时期，大多数人正处于工作的成熟期，在这些国家，这个年龄段被称为事业生涯的黄金阶段。江一舟觉得参加选拔能为传播中华文化工作做贡献，无疑是明智的选择。他是个闲不住的人，更不愿意碌碌无为，虚度人生，可对一般教师来讲，继续发挥余热的机会不多。

虽说家里人不放心江一舟一个人在外工作，但对他的决定都很支持。儿孙自有儿孙福，将思念高挂云端，长相思也是一种期盼的动力。走万里路，读万卷书，了解异域文化、风土人情也是江一舟非常渴望做的事。

五、外方院长接见

　　课间的音乐响了，上完第一节课，学生和老师们陆续离开，江一舟一看手表，还有 5 分钟，他该去办公室了。孔子学院设在摩尔多瓦国际语言学院主楼的四楼，江一舟一口气来到了四楼，看到了孔子学院的牌子，可他一时间找不到办公室在哪儿，他急忙问路过的学生，一位本地学生刚要领他过去，林院长过来了。

　　"江教授，请，办公室在这边。"

　　第一次上班，终于按时报到了。江一舟自尊心很强，心想第一次上班千万不能迟到，不能给人们留下自己不遵守时间的印象。

　　院长办公室不大，除院长办公桌外还有三张桌子，分别摆在院长办公桌对面的左右两边，供两位秘书和老师临时办公用。靠门的左边摆着一条三人椅子，右边是一个书柜，里面全是汉语教学用的书、光盘和磁带，墙上挂有梅兰竹菊四幅中国画，处处显现了中国文化。两位秘书各自在忙手头上的活，她们请江一舟坐下。

　　"江教授，今天我们先去见一下孔院的外方院长，摩尔多瓦国际语言学院的副校长阿杜·帕瓦蒂先生和摩尔多瓦国际语言学院国际交流与合作部的部长玛雅桑朵女士。"摩尔多瓦国际语言学院的副校长阿杜·帕瓦蒂先生曾在摩尔多瓦驻外使馆工作过，有丰富的外交、外事工作经验。经秘书联系，说副校长先生马上要开会，见面改日吧。林院长办事风风火火，刚要改变日程安排时，校长秘书又来电话说，会议取消了，可以接见，于是江一舟在林院长的带领下来到了阿杜·帕瓦蒂先生的办公室门前。一敲门，校长秘书就走了出来，领他们进入副校长办公室。办公室有两间屋子，外间是秘书办公的地方，里间是副校长办公处。阿杜·帕瓦蒂先生身高有1.8米左右，身材魁伟，大鼻子，蓝眼珠，平头短发已花白，西装革履，一派欧洲学者风范。相互介绍后落座，帕瓦蒂先生用娴熟的英语向江教授的到来表示欢迎，在介绍摩尔多瓦国际语言学院及孔子学院情况的同时，希望大家携手共同为摩尔多瓦国际语言学院的发展而努力。江一舟对会见表示感谢，并表示希望为摩尔多瓦国际语言学院的汉语教学尽自己的绵薄之力。

"江教授，我们去国际部报个到，去见玛雅桑朵部长。"

"好，您安排。"

他们直奔玛雅桑朵女士的办公室，国际部办公室在二楼，他们从三楼来到了国际部，国际部的秘书和林院长很熟，她们用俄语和罗马尼亚语悄悄地说了些什么。林院长转身告诉江一舟："玛雅桑朵部长还没来上班，不过晚到15分钟不算迟到，玛雅桑朵部长有小孩，得先送小孩上学，再来上班，很正常。"江一舟看了一下手表，都十点钟了，心里想这也太人性化了。于是江一舟和林院长打算先回四楼的孔子学院，他们还没走几步，迎面来了一位身高1.9米以上的金发女郎，上班时间，她穿着女式西服，高挑匀称，年龄30岁左右，瓜子脸，头发扎了起来，一看就是一位高个大美女。她就是玛雅桑朵女士，曾是摩尔多瓦国家排球队的队员。林院长迎上去说明来意，玛雅桑朵女士急忙让江教授进屋，让秘书打开会议室，把客人请进会议室。会议室不大，能坐六七个人，秘书先擦桌子上的面包渣，然后倒水，上饼干，忙乎了一阵子。玛雅桑朵女士看到凌乱的会议室时有些不好意思，红着脸忙解释说，学生在这儿上过自习，还没来得及收拾。多么和蔼亲切，没有一点见外的样子，看来玛雅桑朵女士是一位友好善良、平易近人、非常随和的国际部部长。

秘书收拾好了，玛雅桑朵部长先介绍了摩尔多瓦国际语言学院的国际交流与合作工作，主要讲了和中国合作院校的工作情况。她对江一舟教授的到来感到非常高兴，急切地想知道江一舟所在学校的国际汉语教学情况，并希望江一舟能进一步推动摩尔多瓦国际语言学院汉语教学的发展。玛雅桑朵女士的丈夫是外交官，她能讲好几种外语，讲英语当然不在话下。江一舟礼节性地回答了玛雅桑朵女士感兴趣的问题，并感谢她的接见。在离开时，江一舟送了玛雅桑朵女士一盒中国茶叶，玛雅桑朵女士接到礼品时有些措手不及，她可能没想到江一舟会带礼物给她，急忙回到办公室拿出一盒巧克力，用纸包了两块送给了江一舟，还有两块送给林院长，江一舟没拿包，只好都装在林院长的包里。

在和玛雅桑朵女士见面时，林院长接了一个电话，江一舟刚走出门，林院长就说："江教授，刚才是大使夫人的来电，通知我们大使现在有时间见我们，我们得马上过去。"按照孔院的安排，下午去大使馆拜见大使，可大使下午要出去，没时间见他们，就改在了上午。林院长接着说："大使夫人问有没有毛笔，春节快到了，她想写几个'福'字送人，可没有毛笔，问孔院有没有。"江一舟偶尔也写毛笔字，字写得不怎么好，但能看。他这次特意带了水写布和毛笔，一方面有空练练字，另一方面有机会可以介绍中国毛笔字。他说："林院长，我带了一支毛笔，我们这就去拿。"

于是江一舟和林院长先到江一舟的公寓去取毛笔，然后直接去大使馆。中国驻摩尔多瓦大使馆坐落在基希讷乌市西北的克鲁姆娜大街，他们不到15分钟就到了使馆。使馆门前有两位摩尔多瓦警察来回巡逻。林院长和江一舟来到使馆院子大门前，按了门铃，通报了秘书，本地雇员葛蒂娜佳很快出来打开了院子大门。

葛蒂娜佳是摩尔多瓦人，曾在孔院学过汉语，她很有语言天赋，汉语口语特别好，孔院把她推荐给使馆，她经使馆面试后被录用，在使馆工作快两年了。

"林院长，大使夫人在会客厅等你们，你们直接去吧。"

江一舟跟着林院长沿着过道向客厅走去，走到客厅门口，大使夫人就迎了上来。孔子学院的很多事离不开大使馆的指导和帮助，另外，可能是摩尔多瓦中国人少的缘故吧，林院长和大使夫人及使馆的其他工作人员都很熟。大使夫人个不高，肤色有点黑，年龄在五十岁左右，一口京腔，是地道的北京人，染过的短发鬓角有点白，乌黑的眼珠炯炯有神。可能与职业有关，说话彬彬有礼，不卑不亢，充满了智慧，无处不体现着大使夫人的风度。

"今天见到你们我很高兴，欢迎你们来摩尔多瓦工作，大使临时有事，没时间见你们了，不过明天晚上要举行'迎春招待会'，到时你们就能见到大使了。"大使夫人讲了她如何在摩尔多瓦传播中华文化，她和驻摩尔多瓦的外国大使夫人们经常一起参加摩尔多瓦妇女联合会搞的活动，她在活动中会讲一些中华几千年的养生之道，还有中国剪纸、书法文化等。大使夫人讲得津津乐道，而江一舟上下眼皮在打架，时差没有倒过来，晚上睡不着，白天晕晕乎乎的，他使劲睁大眼睛，保持清醒，不能失礼啊。

六、迎春招待会

　　已是农历的腊月二十三了，中国的传统节日春节马上就要到了，世界各地的大使馆都忙着准备举行"迎春招待会"，招待在海外工作的华人，共同庆祝中华民族的传统节日春节。中国驻摩尔多瓦大使馆为"迎春招待会"做了充分的准备，邀请了在摩尔多瓦工作、生活的所有华人，孔子学院的老师和志愿者都应邀参加。老师和志愿者非常高兴，大家对自己进行了精心打扮，特别是年轻志愿者，其实都是小女孩，参加重要活动都要把自己打扮得漂漂亮亮的，才觉得有仪式感，以示对活动的重视和对别人的尊敬。十几位教师和志愿者里只有江一舟是位老先生，他心里觉得他应该像长辈一样保护大家，时时处处体现出绅士风度，而事实上大家对他的尊敬和照顾远远超过了他对大家所做的一切。

　　下午5：30，大家在孔院集合，统一乘坐公交车前往大使馆。不到六点，大家来到了大使馆。大使馆门口张灯结彩，正门悬挂的中国灯笼格外显眼，门两边的对联、门扇上的福字洋溢着喜庆的气氛。负责教育的于秘书在门口恭迎大家，大家把外衣挂在过庭的衣柜里，步入宴会厅。为了感谢大使馆的宴请，孔子学院派江一舟教授代表全体教师和志愿者给大使夫人献花。刚到摩尔多瓦的江一舟对一切是那么的熟悉，又是那么的陌生。林院长在车上就告诉江一舟："江教授，今晚您代表大家给大使夫人献花，好吗？""这合适吗？"江一舟问道："合适，合适，您最合适，您代表我们大家是最合乎礼节的。"江一舟当时没有反应过来，另外，他觉得出国工作了，到了一个新的单位，要摆对自己的位置，首先做好自己分内之事，做好一名普通教师该做的事，全力上好课，其他事能不参与就不参与，没想到活动礼仪还挺多的。另外，摩尔多瓦孔子学院就他一位男教师，不论从年龄还是阅历来看，他代表老师和志愿者献花是再合适不过的了。快进大厅时，一位志愿者把一束鲜花交给了江一舟，大使夫人就站在门口迎接大家，江一舟直接走到大使夫人面前，说："大使夫人，新春快乐！"双手将鲜花献给了大使夫人。江一舟觉得整个过程机械、呆板、被动，是否完成了任务，他心里没谱。大家先来到会客厅相互介绍认识，不一会儿，大使先生来到了会客厅向大家问好，林院长向大使介绍了江一舟。大使的东北口音很重，一看就是东北汉子，1.8 米以上的身高，有点偏瘦，不过西服穿得很合适。

招待会开始了，大使先做了致辞，接着大家开始吃自助餐、相互交流。江一舟通过大使的致辞对摩尔多瓦华人的情况有了一些了解。

摩尔多瓦可能是世界上华人最少的国家。摩尔多瓦经商的华人不多，经商时间比较长的一名内蒙古人自称是马本斋的后代，娶了摩尔多瓦的姑娘后，就长期生活在摩尔多瓦，经营着基希讷乌两家最大的中餐馆，名为"北京饭店"。在摩尔多瓦的中国企业有华为、中兴和清华同方公司，员工不过 10 人，而且经常轮换，再没有其他中国公司在摩尔多瓦设机构。孔子学院的老师和志愿者和在摩尔多瓦国立大学留学的 6 名来自内蒙古和东北的公派留学生就成了摩尔多瓦华人的主力队员。

不一会儿，招待会的气氛活跃起来了，使馆的官员和参加招待会的宾客相互敬酒祝福，大家找到了家的感觉，一起唱歌、留影，一直到晚上 10 点多，招待会结束了。

江一舟刚到，对孔子学院的运作流程不了解，但不愿影响别人的工作，看到大家都在忙，他不愿意问这问那地去打扰别人，他只是留意别人是如何工作的，尽量和大家的工作协调一致。他发现上至院长下至每位志愿者都忙得不可开交，可他又不知道该做什么。林院长觉得江一舟初来乍到，就不安排工作了，先熟悉环境吧。这样江一舟更坐不住了。

"林院长，大家都在忙，我能做点什么？"

"江教授，您就熟悉环境吧，这两天我们在准备春节联欢会，这是一年一度最大的活动。您跟着他们看就行了，其他事都有人做，您就搭把手，指导指导就行了。"

江一舟心里很感动。其实他知道他什么忙也帮不上，连打个车都得别人帮他，因为打车得会讲俄语或罗马尼亚语。另外，摩尔多瓦开学、放假时间和中国不一样，摩尔多瓦新学期的开学时间是在元月，当他到达摩尔多瓦时，学校已经开学了，老师的课都安排好了，没给他安排课，他只能熟悉环境了。哎，太没用了，只能看着大家忙了。

七、迎春联欢会

摩尔多瓦国际语言学院孔子学院的"迎春联欢会"在基希讷乌的贝里柔乌斯基（Berezovislzi）中学举行，贝里柔乌斯基中学坐落在基希讷乌市的莫斯考瓦区北郊，是莫斯考瓦区最大的中学，有2000多名学生。学校是开放式的校园，教学楼是一幢隐没在树林中坐西南朝东北的工字楼，楼的东南面是足球场，西南面是篮球场，还有一些小的活动场所，都被高大的树林包围着，场地有些破败、不整齐，但整个学校都镶嵌在绿色中。学校除了足球场和其他活动场所外，教学楼前还有一块面积有三四百平方米的空地，两边是停车位，中间是学生进出的通道。

江一舟一下车就朝学校大门看去，醒目的汉字"欢度春节"进入了他的眼帘，贝里柔乌斯基中学的老师和工作人员正忙着装饰学校的大门，有的打扫卫生，有的挂气球、挂灯笼。以红色为主的彩色气球把学校大门装点一新，鲜红的中国灯笼、中国结把学校一楼大厅装饰得喜气洋洋。联欢会会场在四楼的大礼堂，说是大礼堂，其规模就是不大的会议室，能容纳150人左右，礼堂的正前方有一个20多平方米的舞台。舞台已经布置好了，红色帷幕中间四个金色的汉字"春节快乐"格外醒目，上方是用罗马尼亚语和汉语写的"摩尔多瓦国际语言学院孔子学院迎春联欢会"。舞台的两边摆放了鲜花和气球。

大约10点钟了，礼堂里坐满了人。嘉宾席上就座的有中国驻摩尔多瓦大使馆的全体人员、摩尔多瓦教育部部长代表、摩尔多瓦国际语言学院副校长、孔子学院外方院长、贝里柔乌斯基中学校长和相关中学和小学的校长。联欢会开始了，首先是贝里柔乌斯基中学校长致欢迎词，欢迎各位的光临，接着中华人民共和国驻摩尔多瓦共和国大使、摩尔多瓦教育部部长代表和摩尔多瓦国际语言学院孔子学院中外院长发了言。然后文艺演出开始了，第一个上场的是贝里柔乌斯基中学学生表演的罗马尼亚民族舞"霍拉舞"，身着民族服装的男女生欢快、优雅的舞姿把会场欢快的气氛推向了高潮，接下来的节目都是各个中小学、幼儿园选送的，他们的演出语言全部是汉语，不容易啊，特别是幼儿园的孩子，有的跳恭喜新春舞，有的跳中国的扇子舞，小班的孩子演出的节目是《新年好》，听不清他们在唱什么，但孩子们一个个的认真劲儿，看得大家掌声四起。

联欢会在欢快轻松的气氛中结束了，摩尔多瓦人民祝贺中国人民新春快乐。

等大家走出礼堂，江一舟想收拾一下会场，林院长说："江教授，会场中学收拾，我们不好帮忙。"于是，江一舟就和其他老师一起走出去，走到楼下等车，昨晚下过雪，天气很冷，特别是风吹到脸上，感觉冰冷的寒气像往脑子里钻一样，在露天不敢迎风站着。江一舟才明白了为什么摩尔多瓦人不管男女老少在冬天都戴着紧紧地裹在头上的毛帽子，把额头护得严严实实。此刻的他是多么想也戴上一顶毛帽子，把耳朵严严实实地裹在里面。

八、基希讷乌过春节

　　除夕了，基希讷乌市是那么的平静，没有任何欢度春节的迹象，一切照旧。没有春节交通运输的繁忙景象，没有购买年货人流的熙熙攘攘，没有放鞭炮小孩的东躲西藏，没有卖对联年画的摆摊设点，没有家家户户置办年货、烹制春节大餐的气氛，更没有耍龙、舞狮、走高跷、划旱船和彩车的游行队伍。在外不能回家的华人只能自己过春节了，像摩尔多瓦这样华人不多的国家，华人只能自己抱团取暖，大家聚在一起，发挥各自的特长，大家动手做一顿春节大餐，唱唱歌，跳跳舞，做做游戏，再来一个发红包比赛，这样过春节也挺热闹有意义的。

　　摩尔多瓦华为电子技术公司一共有 6 名管理人员和工程技术人员，而且全部是男士，而基希讷乌国际语言学院孔子学院的 10 名教师和志愿者中 9 名是女士。为了在国外热热闹闹地欢度春节，不至于"阴阳失衡"、气氛单调，摩尔多瓦华为电子技术公司盛情邀请孔子学院的老师和他们一起欢度春节，并安排了系列活动。为了增加节日气氛，大年三十的午餐安排在北京饭店。北京饭店是摩尔多瓦唯一的中国餐馆，老板马先生来自内蒙古，是唯一的侨居在摩尔多瓦的中国人，在国内学的是北方菜，厨艺不错，一开始受雇于摩尔多瓦餐馆。马先生厨艺不错，深受基希讷乌各界的热捧，他干活踏实，言语不多，被老板的女儿看上了，几年后便结了婚。后来自己开了一家名为北京饭店的中餐馆，老板娘和服务员都是摩尔多瓦人，而主厨就是老板自己。按照安排，11 点左右孔院的老师分批去北京饭店。江一舟和来接他的两位老师在 11 点 10 分一起打的离开了斯特凡大公街向南行驶，不到 20 分钟，车进了一个居民小区，左拐右拐来到了一幢平房跟前。

下车一看，感觉像到了云南的竹屋餐馆。翠竹绿叶，门前悬挂着红灯笼，很有中国特色。饭店餐厅不大，沿着木台阶走入大厅，迎面八个汉字，左边"欢迎光临"，右边"宾至如归"。大厅里摆着六张桌子，只有两位工作人员，一位是服务员，一位是收银员，看来都是本地人，不会说汉语，只能看菜单了。华为公司订了靠窗户的两个雅座，12 点人都到齐了，摩尔多瓦华为技术公司王总致辞，大家举杯共庆新春佳节，大家频频举杯，互祝新年快乐，以此来填补不能回家团圆的缺憾。不知不觉聚餐到了下午 2 点多，大家一算是国内 8 点多了，春节联欢晚会已经开始了。

大家急急忙忙离开了餐馆，分几波乘华为公司的车去了王总在基希讷乌的住处，一进门就打开了网络电视，收看春节联欢晚会。近 20 个人，大家急于看春晚，又想和家里人联系，都拿着手机上网，这下网络可受不了了，信号老卡，春晚信号老断，大家看一看就没耐心了，有人提议说大家凑一起不容易，不如一起玩游戏，有机会了再看春晚重播。华为公司技术员建议玩"警察破案"的游戏，这个游戏在场的年轻人都会玩，因为这个游戏没有人数的限制，人多了可以玩，少了也可以玩。江一舟看到老师和工程师们在一起都很开心，他也积极地响应，虽然他已不是他们那个年龄段的人了，但不能扫他们的兴，重要的是大多数年轻人第一次在国外过春节，得让他们玩得高兴，江一舟只能舍命陪君子了。此时有一部分人已经开始准备年夜饭的饺子了，这样的话能玩的就是 13 个人，是这个游戏的最佳人数。对江一舟来说这个游戏他听都没有听过，别说玩了。他只能认真学习，边学边玩。

游戏很有意思，首先按照人数选好扑克牌，其中有 3 张或 4 张是人物牌，代表警察，再选 3 到 4 张数字一样的牌代表杀手，拿到其他牌的便是平民了，再选一名熟悉游戏规则的当法官，由法官发牌，拿到牌以后就要

夕阳还在山那边

记住自己的角色了。法官说："天黑了！"紧接着大家闭上眼睛，然后警察睁开眼睛，当然了，绝对不能发出任何响声，只能用眼神交流，认识一下自己的同事。警察闭眼，杀手睁开眼睛，认识一下自己的同伙，同时要决定杀一个人，用眼神示意，再闭眼。法官说天亮了，大家都睁开眼睛后，法官宣布昨夜某人被谋杀，这个人就出局了，接着大家开始指认凶手。哪个阵营留到最后，哪个阵营就是赢家。这样大家玩得很认真，因为每个警察和杀手只知道自己的同伴，而不知道其他人的身份。让大家都睁开眼睛来指认谁是杀手，必须有理有据地进行推理和分析，大家可以尽情地发挥想象，来证明自己推理的可信和可靠。经过一场血腥拼杀、明争暗斗、唇枪舌剑，使案情扑朔迷离、错综复杂，平民一个接一个地被杀，而警察一点线索也没有，一个不谨慎警察也被杀了，平民更是一个个倒在血泊之中。大家玩得很投入，警察、杀手、平民角色换了好几次，每次案情都跌宕起伏，精彩不断，竟然把春节联欢晚会比了下去。国内新年的钟声敲响，在摩尔多瓦才是下午 6 点，大家不玩游戏，开始发"红包"、抢"红包"了。华为公司在摩尔多瓦和罗马尼亚工作的老总、经理、技术人员都在网上发红包，大家盯着手机抢红包，抢得不亦乐乎。晚上 8 点，国内凌晨 4 点，大家开始吃饺子，虽然没有国内那么讲究，但大家吃得很开心。在异国他乡的除夕夜就这样有滋有味地度过了。

九、参加选拔考试

已经很晚了，江一舟回到了公寓，躺在床上翻来覆去睡不着，国内已是大年初一了吧，大脑里往事像电影似的一幕又一幕地播放，出国前的选拔考试对他来说印象太深了。

已是四月天，人们感受到了夏天艳阳的刺眼和灼热，满街的柳絮被风吹得东一团、西一堆的。主要街区早已栽上了银杏和国槐风景树，原来沿河两岸栽种的杨柳长得非常茂盛，曾一度是滨河路一道耀眼的风景线。一到这个时候，柳絮漫天飞，风一吹来犹如搓绵扯絮铺天盖地，严重影响人们的出行。已是下午四点多了，江一舟开着车从郊区往家里走，电话响了。

"喂，江老师您好，我是小张。"

"小张，你好，工作很忙吧？"

"还可以，事儿挺多的，办公室人少，有些忙。"

"小张，好好锻炼，你会挑起大梁的。"

"谢谢江老师，我会努力工作的。江老师，汉办通知您下个月去汉办的考点平原大学参加选拔考试，我已把通知发到您的邮箱里，您回家后看看。"

"考试！好，谢谢小张。"

江一舟一听考试先是一惊，接下来的反应是第一关资格审查过了，到了第二关——选拔考试。

江一舟坐了一夜火车，来到了豫北名城新乡。下火车后，他按照报名须知上的提示，坐上了 B6 路公交车，前往平原大学新校区。才凌晨 6 点多，车上只有 3 个人，江一舟把行李靠边放好，认真听着车上报的站名，没坐几站路，他听到报平原大学站到了，车刚停稳，他就急忙下了车。一看，马路对面就是平原大学。离车站这么近，交通很方便。他拎着行李到学校大门口，此时已有学生老师往学校里走，更多的是学校里住的教职工家属，上小学、中学的都背着书包往外走。江一舟环视了一下四周，没有任何考试的提示或通知，他只好走到门卫办公室去问，一位门卫看了一眼报名须知说："在新校区，你过马路，再坐你刚坐过的那一路车，终点站下车就到了。""师傅，还有多远？""十几站路吧。"

江一舟一点儿干劲都没了，又回到刚才下车的地方，等了一会儿，车来了，这次可没有上次那样幸运了，车上人满满的，是上学上班的高峰时间。怎么办？挤上去。江一舟拎着行李箱，费了九牛二虎之力挤上了车，车上人挤人，不到 10 分钟他已满头大汗，车一直行驶了近一小时才到终点站。江一舟想，既然是大学肯定有招待所，住招待所可能更方便。下车后他直奔校园。

平原大学新校区坐落在高新科技开发区，是整体规划的，非常有规模，占地几百亩，校园绿化很漂亮。教学区在东边，生活区在西边，各个二级学院是单独的建筑物，排列有序，有明显的学科特色。校园到处红花绿叶，教学区的东边有湖水、景观桥，湖的周围绿树成荫，各色鲜花竞相开放，是一个读书学习的好地方。教学区的北边是大操场，有足球场、网球场、篮球场、排球场。

考试安排在周末，一进学校大门就能看到行政大楼前的喷泉，10 多米高的水柱吸引了不少人来照相，从衣着年龄上来看有学校的学生，也有外面特意来照相的人。

五月的新乡已经热了起来，年轻人都已穿 T 恤了。江一舟来到平原大学招待所已是汗流浃背，穿的衬衣都湿了，还拎着个行李箱，一副狼狈相。到接待大厅后，江一舟脱下了外衣，喘了口气，就拿出身份证到前台登记。

"没房间！"服务员不冷不热的三个字让江一舟大失所望。

"您再看看，有没有今天退房的？刚才我听到几位客人说他们准备退房，要去火车站。请您再查查。"

"查过了，没有房间了，明天也没有。"服务员头都没抬一下，低头玩手机，态度生硬地说了一句。

疲惫不堪的江一舟刚才还抱着一点希望，听到服务员的回答后，他彻底失望了，想再打听附近哪儿有住宿的，可服务员的态度让他受不了。算了，走吧，自己到外面去找吧。江一舟把外衣搭在胳膊上，拎起行李箱原路返回，走出了平原大学新校区的北大门。他朝马路对面看了看，不远处一幢高楼上的四个大字"如家宾馆"让他看到了希望。

终于住下了，走路、坐车10多个小时，总算能休息一会儿了。江一舟收拾了一下，躺了一会儿。此时已是下午，快到报名的截止时间了，他带好报名的材料走出了宾馆，来到了平原大学国际教育学院教学楼四楼的报名处，交了材料，报了名。事实上，江一舟是一位名副其实的裸考生，虽然他来之前读了一些书，什么《现代汉语语法》、中学各年级的语文课本，读书也只是翻翻，了解一下大概内容，他很久没有接触汉语教学了。他真不知道怎么考、考什么内容。他想准备一下，可他们学校以前没有老师参加此类的考试，只能靠平时的积累了。江一舟还是有信心的，他心想自己在学校工作这么长时间了，考试见得多了，就凭耳濡目染也该多少知道一点。江一舟抱着侥幸心理，就硬着头皮，勇敢地走进了考场。他知道自己可能是参加考试的老师里年龄最大的了，老教师更应该有个老教师的样子，不能关键时候掉链子。

考试共五个部分，笔试、面试（试讲）、心理测试、外语和综合答题。笔试主要是现代汉语知识和现代汉语语法知识。江一舟答题很顺利，基本上都答上了，可面试（讲课）就为难了，两三句话讲一节课，江一舟真不知道如何处理教材，他自己都不知道抽签备课讲课是怎样过去的。面试老

夕阳还在山那边

师让他把一句话的汉语拼音写在黑板上，江一舟一转身唰唰一气写在了黑板上，而且板书还可以。他的心怦怦直跳，快蹦出来了，手也有点不听使唤。又一位监考老师让江一舟把汉字"妙"写在黑板上，并说出是什么结构。他拿着粉笔站着，一下子蒙了，不知道"妙"字怎么写。语言转换器短路了，他的大脑没法输出"妙"这个字符。另一位考官告诉旁边的监考老师："给他提示一下。"江一舟把一个大小合适、非常漂亮的汉字"妙"写在了黑板上，大家都松了一口气。

江一舟工作四十年了，参加国家级考试、省级考试、学校考试监考不知多少次了，而这次自己参加考试，紧张程度不言而喻。考别人时信心满满，自己被考时一片空白。几十年后重新体验被考的滋味是需要勇气的。考试过程除了忐忑不安，还算思路清楚，手头也麻利，自己知道什么、理解成什么就答什么，至于对错那就顾不上了。紧紧张张的一天半考试结束了。哎！想一想多少年没参加选拔考试了，今天过了把瘾，肯定考砸了。带着满脑子疑惑、悔恨和不解，江一舟坐火车返回了家乡。

十、吉林培训

大西北黄土高坡的七月，骄阳似火，由于天旱，降雨比较少，有些地方仿佛要烤焦似的。人们都躲在家里，期盼着上苍能开眼，能下一场雨。都七月份了，还没有汉办的任何消息，那肯定没考上，江一舟心里也踏实了，没考好没选上很正常，不管怎么说，重在参与嘛，参与了也满足了。小外孙三个月了，离不开外爷，江一舟天天乐着忙着，闲不下来。

一天下午，江一舟抱着小外孙站在阳台上晒太阳，逗小外孙玩时，他的手机响了。"喂，您好，您是江一舟老师吗？""是啊，您是哪位？""我是北方大学公共外交学院的小谷，给您邮箱发培训通知了，您收到没？""什么时候发的？""前天吧，通知您参加培训。""没有，我每天上午都要查看邮件的。""那您把您的邮箱地址再说一遍好吗？"江一舟把邮箱地址说了一遍。"不对，江老师，我们把邮件发到了您给我们的新浪邮箱，不是163邮箱，这样吧，我再给您的163邮箱发一份通知，请您查收，并回复我们，好吗？""好的，谢谢了。"

江一舟放下电话，抱着小外孙从客厅走到书房，再从书房走到客厅，他来回走着，思考着刚才的电话，控制着有点紧张的情绪，释放着突然形成的压力。考试通过了？真的要出去工作两年了？他有些不知所措。他那没有平静多久的思绪，一下子又被搅起了不小的波澜。他把小外孙交给了女儿，打开了电脑，查看久违了的新浪邮箱，新浪邮箱快两年都没有使用过了，密码也忘记了。江一舟只能一次又一次地输入密码，结果三次输入密码错误，邮箱被锁死，江一舟只能第二天再想办法打开新浪邮箱。

天蒙蒙亮，江一舟就坐在了电脑前，密码忘得一干二净，他只好寻找密码，重置密码，费了好长时间，新浪邮箱终于打开了。收件箱里有十几封邮件，里面有三封国家汉办的邮件，一封是一个多月前收到的，内容是通知江一舟被录取，并要求寄一份英语简历过去。第二封和第三封是参加培训通知，通知他在七月下旬去吉林北方大学参加"孔子学院总部/国家汉办外派汉语教师岗前培训"。本以为一切都结束了，已经没戏的外派汉语教师有了新的情况。江一舟顿时又捡起了信心，兴奋和紧张搅和在一起，成功和压力结伴而来。一切是那么的突然，那么的不确定，江一舟下定决心走一步看一步，不过每一步都得走踏实，一步一个脚印地走吧。

　　培训需要二十天时间，他做了充分的准备。虽然年龄大一些，但不能影响全体培训教师的形象，不能拖培训教师们的后腿。江一舟再次以饱满的学习工作精神，满怀信心地去迎接人生的挑战，讲述精彩的人生故事。

　　长春地处我国松辽平原腹地，风光优美，森林覆盖率高，有亚洲最大的人工森林。夏天高温湿热天数不多，和炎热的南方相比较，人们一般认为长春是避暑的圣地之一。

　　正午的时候，江一舟走出长春龙嘉机场候机大厅，热浪迎面袭来，让人有点喘不过气的感觉，一眼望去，马路上、停车场上热浪滚滚。按照培训通知上的要求，他很快坐上了机场大巴，车走了不到一小时就到了终点，还得再转乘市内公交。此时江一舟已被汗水湿透了。不是说长春不热吗？江一舟心里想。他坚持着又走了一个多小时，终于到了星火北路的北方大学培训基地。

　　培训基地是一座六层的半圆形楼房，宿舍坐北朝南，拐弯处是大厅前台，再向南走是教室、餐厅。规模不大，能容纳二百人左右。江一舟交了报名的材料，进行了登记，办好了手续，领到了学员证和房卡，便到房间休息。培训中心接待员都是北方大学的学生，他们的热情和细致使江一舟轻松了很多。他被分到了五班，这个班共有十二个人，分别来自新疆、重庆、浙江、辽宁、四川、甘肃和辽宁，主要对象国是俄罗斯、乌克兰和摩尔多瓦。年龄小的才二十几岁，年龄大的五十多了，五男七女，一个生气勃勃老中青结合的五班就诞生了。

晚饭后，老师们被召集到了一楼大厅，开始进行班主任分派、选班长等活动。班主任是北方大学分派的刚毕业的研究生，他们都有在孔院工作的经历，在假期参加培训工作，锻炼一下他们的组织、协调能力，也算是参加一次社会实践活动。在热烈欢快的气氛中，班主任宣布了班长人选，班长兴高采烈地上任，一个新的集体诞生了。

长春在祖国的东北，天亮得比西北要早，按照培训课表，七点到七点半打太极拳。不到六点江一舟就起床了，他洗漱完毕，烧了壶开水，沏好了一杯茶，就穿好运动衣下楼了。

培训中心大楼的西边是一个街区公园，上午活动的地方就安排在公园里，江一舟走出大楼向西望去，瓦蓝的天空没有一丝白云，太阳高高挂起，公园里已经有不少人了。不到七点，培训班的学员们陆陆续续地来到了指定的场地。东升的朝阳照在了老师和学员们的脸上，老师一比一划、学员们一招一式的身影都映在了地上，宛如演示太极功夫的投影动画。

培训紧张地进行着，上午主要是专题讲座，从对外汉语语言教学方法到汉语语言知识，再到汉语课堂教学设计、汉语语音、口语教学技巧、跨文化交际案例分析，全面地帮助学员们提高对外汉语教学水平。从国际汉语教学的热点问题、公共外交、公共意识融入国际社会的重要性等方面入手，帮助学员提高国际汉语教学能力和教学水平，提高国际化的认知能力。下午和晚自习是小组讨论或观看一些纪录片的时间。从早到晚，活动安排得满满的，江一舟刚开始有点不习惯，其他年轻老师结束一天的培训后就三五成群出去玩了。而江一舟早早地洗漱完毕，就躺在床上看书。

参加汉办外派教师选拔对江一舟来说是一次严峻的考验和挑战。参加培训的老师和志愿者的年龄都在二十几岁到三十几岁，和他一样年龄的几乎没有。他心理压力很大，当然压力来自他自己。不是没有自信，而是太要强了，爱面子。一辈子不管再苦再累，都要做好自己该做的事。他不止一次地问自己：自己年龄大了，已经退休了，这样做合适吗？而现在他所能做的一切就是尽量地减少年龄差距所产生的不和谐，尽量地去适应这种角色的转换，努力学习做一名合格的汉语教师。他认真地听每一次课，做好课堂笔记。虽然他学过外语教学方法，知道一点外语教学方法，可系统地研究和学习如何把汉语作为外语来教还是第一次。他既高兴又困惑，高兴的是把汉语作为外语来教脱离不了外语教学的轨道，而且是一次系统地学习汉语教学的机会；困惑的是他很难从把英语作为外语的教学理论和方法中走出来，总是用英语教学方法去套汉语教学方法，把自己搞得又累又糊涂。汉语拼音总是和国际音标混淆，英语语法和汉语语法硬套。江一舟感到自己很失败。在听了多次汉语教学的讲座后，江一舟慢慢地走出困惑，对汉语语法、汉语拼音有了新的认识，在脑海里对汉语教学有了清晰的思路，他感到特别轻松，他对汉语教学心里有底了，他不怕了，不紧张了，对自己即将从事的职业充满了期待和信心。

三伏天，太阳火辣辣的，从基地走到北方大学图书馆报告厅需要近20分钟的时间，如果听讲座，学员们就得在一点半左右出发。三三两两顶着烈日穿过星火路，匆匆朝北方大学图书馆报告厅走去。江一舟每次都随着人群快步走向北方大学图书馆报告厅，到报告厅时，他得拿手帕擦擦汗，在大厅凉快一会儿再进去。下午的培训课程两点开始，主要是讲座和报告。培训中心为了使学员们适应国外生活、有自我保护意识，邀请了中国外交学院的教授、国际问题研究院的专家来讲国际形势、公共外交、海外安全及领事保护等方面的政策和知识。有些专家对国际热点问题的分析和阐述帮助学员们增进了对一些国际问题的认识和理解，学员们通过讨论对一些问题达成了共识，相互增进了信任和友谊，建立了微信群相互交流教学方法，共同努力完成教学任务。

别人经常说江一舟工作起来不知道累，精神头十足。是啊，他从来没有怀疑过自己的工作热情，让他保持工作热情的是他那对工作的责任心。既然干了这份工作，就该以饱满的热情去干好它，不要因虚度年华而悔恨。每一个人都是社会的一分子，那就得承担起一份责任，做好自己的一份工作。江一舟时刻保持着这种充满激情的态度去对待自己从事的工作。

江一舟不是第一次去异国他乡了，而这次出国的身份和任务和以前的完全不同。在大学工作时参加过几次国际交流项目，但每次在国外的时间都不长，最长的一次是在澳大利亚进修一年，况且每次被派出去的时候都不是他一个人，至少四五个人。而这一次面临的是一份全新的工作，他得独自面对陌生的生活和工作环境，克服在国内想不到的困难。江一舟非常理解那些在国外进修或学习时待不下去了，要请假或终止学习，闹着要回国的老师。他觉得这事再正常不过了。

19世纪末，出国留学，特别是公派留学才刚刚兴起，通信的主要手段是书信往来，半个月或一个月才能收到一份家书，那时打电话对一般的老师来说可是一件奢侈的事，先不说昂贵的国际电话费，因为私人电话不是家家都有的，要打电话得用单位的电话或到邮电局去打，这样的话得提前书信约好打电话时间，不论哪一方打，双方都得按时守在电话机旁，这样才能完成一次质量很不好的国际长途通话。那日子才是度日如年。

每当说到出国时，就让江一舟想起20世纪90年代和他一起留学澳大利亚的一位老师，因不适应国外的生活，才上了3个月的课，就天天吵着闹着要请假回国，有一段时间课都不去上了，整天神经兮兮地在公寓楼前转来转去。后来在使馆教育处老师和一起留学的同学们的安排下，学校专门派一位和他是同乡的老师陪他聊天、逛街、逛商场，经过一段时间，他的情绪稳定了下来，才又去上课，勉强完成了学业，提前一个月回国了。

的确，在国外远离亲人、朋友、同事，离开了自己生活、工作的圈子，大多数时间都是自己一个人去打发，到那时人们才知道什么是寂寞。陌生的环境，不同的国情，不同的文化，不同的语言，不同的饮食习惯，不是说适应就能适应的。有人开始能保持平常心，把精力放在工作学习上，业余时间多运动，多出去走走，耐心地观察学习异域文化风俗，对异域文化有了一定的兴趣，但时间久了新鲜感没了，情绪就会波动。人们常说入乡随俗，在国内说起来简单，做起来也不困难，而在国外入乡容易，随俗就不那么简单了。对很多人来说最大的挑战不是学习或工作，而是要适应工作和学习之余的寂寞。

仁者见仁，智者见智，来自四面八方的老师们带来了各种教学理念、教学方法，各抒己见，交流了他们对国际汉语教学的认识和成功的经验，有些老师已经是第二次或第三次赴国外孔子学院工作了，他们的工作经历给江一舟很大启发。在研讨教学方法、分享教学成果和教学经验时，他都认真听，及时地做笔记，把其他老师公开课的课件及时地复制到自己的U盘上，有空余时间就自己听，自己看。一有机会他就向在孔院工作过的老师请教，这使江一舟去孔院工作的信心倍增，他觉得学习到了以前从来没有接触过的知识，开阔了眼界，增长了见识，建立了友谊。江一舟觉得自己成为一名孔子学院教师的底气更足了。

认识参加培训的老师对江一舟来说是莫大的鼓舞和鞭策，使江一舟进一步认识到了去国外工作不是只教汉语那么简单，跨出国门就肩负起了传播中华文化的历史使命。这种使命感会始终伴随着自己的工作任务，这种使命感就是支撑海外工作人员勇敢向前的支点，这就是对外汉语教学的教师和志愿者总是满怀激情地去迎接挑战、克服困难、出色地完成工作任务的原因之一。

在培训过程中，江一舟被老师们的激情打动了，老师们的每一句话都给他留下了深刻的印象。当面对工作任务时，老师们都用积极的态度去面对，不怕苦不怕累，也不怕工作多，有了这种工作的态度，就没有完不成的任务。只有时刻牢记自己是一名汉语教师，这样才能迸发出激情，时刻想着自己的工作任务，就能产生极大的热情去对待周围的任何人任何事，用真挚友好的感情去克服一切困难。建立信心，相信自己的能力，就会很快地进入角色，不辱使命，圆满完成任务。老师们的激情和在国外工作的信心无时无刻不鞭策着、激励着江一舟，使他更加坚定了走出国门、接受人生新的挑战的决心。

酷暑三伏渤海天，

云浮雾薄汗背沾。

高校学子问寒暖，

先生拨雾天地宽。

汉武张骞出西域，

孔院才子遍五洲。

挥汗培训二十天，

草根使者换新颜。

培训就要结束了，来自天南海北各个高校的老师们将要肩负起历史使命，奔赴世界各国的孔子学院、孔子课堂任教，历史的重任就落在了他们的肩上。一批又一批的孔院教师、公派教师和志愿者年复一年地穿梭于孔子学院、孔子课堂，背负着使命，肩负着责任，满怀激情去完成工作任务，不断地为国际汉语教学、中华文化传播、建立世界各国和中国人民的友谊桥梁而辛勤地添砖加瓦。

紧张的培训就要结束了，学员们就要离开北方大学。20天眨眼就过去了，同学们满怀信心准备奔赴新的工作岗位，离开时才感觉到20天的同窗友谊是多么的短暂而珍贵。

江一舟貌似严肃的老教师，可他那慈父般的心态使他对同学们的一一离去感到有些不舍。他在五班是年龄最大、资历最老的。他总觉得同学们都像学生，而同学们把他亲切地称呼为"政委"，可能是班长觉得江一舟的言谈举止像他们新疆生产建设兵团的政委，带头叫"江政委"，所以全班同学都叫他"江政委"。

"五班的同学们，我是五班年龄最长的学生，你们在对外汉语教学方面都是我的老师。你们亲切地称呼我为'江政委'。我向你们真诚地道别，你们的包容、友爱、无私、坦诚、上进及团队精神像明媚的阳光，将永远地照耀着我，温暖着我。谢谢你们20天来对我的帮助、关心和照顾，使我和你们一样顺利地完成了培训，祝你们在新的征程上一帆风顺。"

江一舟在五班的微信群里发了条信息向同学们道别。他不愿看到同学们一个个悄悄地拎着箱子，抹着泪快步离开。只能这样了，天下没有不散的宴席呀。同学们都走得差不多了，江一舟还一个人待在基地宿舍里，他乘坐的火车是第二天的，要到明天才离开。

已是下午两点，该是同学们上课的时间了，可楼道里依然是那样的安静，说话声、关门声、脚步声都到哪儿去了？窗外工厂的电锯声依然吱吱地叫着，可一起打太极、上课、听报告、讨论如何教外国学生汉语的同学们都走了，他们在飞机上、火车上和汽车上。江一舟一个人静静地坐在511宿舍里的桌子前，手里乱翻着培训资料，可总是心不在焉。他不由自主地放下培训资料，拿出同学们的合影，回忆着培训中发生的每一件令他难忘的事，仿佛听到了教室里的授课声、歌厅里的歌声和笑声、烧烤摊上的碰杯声。哎，走吧。

江一舟站了起来，走到窗户跟前，望着窗外湛蓝的天空，远处有乌云飘来，又是一个桑拿天，该下点雨、降降高温了。7、8月正是暴雨季节，江一舟打开了窗户，想让屋子里透透气，可外面热浪扑面而来，江一舟只好把窗户关上，回到桌前坐下，拿起培训笔记想写点什么，可他心里很乱，同学们都走了，他没心思坐下来看书，只好躺在床上浏览起培训资料。

说时间慢，也确实慢，说时间快，也确实快，这不是时间长短的问题，而是人对时间的感受不同，而产生了不同认知的结果。

晚上了，江一舟离开了宿舍，下了楼，走出了培训基地大楼，门卫师傅微笑着向江一舟点了点头，熙熙攘攘的大厅已空空荡荡，就连卖日用品的小柜台也不见了。一出大门，外面的空气很湿润，散发着暴雨过后的清新和泥土味，气温也降了，是出来散步的好时候啊！

培训基地周围的马路不是主要街道，有些地方常年失修，不少地方坑坑洼洼，马路上、人行道上留下了一摊又一摊的水，江一舟穿过一条马路，来到了一条主街上，再往前走就是昨晚同学们一起吃饭的地方。江一舟走过去，露天的烧烤摊依然座无虚席，喊叫声、碰杯声此起彼伏，仿佛同学们就在眼前。他停下了脚步，定神一听，可没有一个熟悉的声音，江一舟有一点失落。

到了培训大楼前，天已黑了，花园里的蛐蛐唤出了明月，是八月十五了，月圆了，月圆不该有怨。

江一舟站在培训基地门前，朝北方大学的方向看去，回想着上课的路上，走在最前面、像两只花蝴蝶翩翩起舞的学员，就是五班来自黑龙江和四川将赴任俄罗斯的李雨桐和陈竹，她们俩年龄最小，就像两位腼腆的初中生，不论是上课还是听报告，她俩总是坐在第一排。再看那位头发有点少的男士和那位身着T恤、短裤，走路有点外八字的帅小伙，就是杭州师大的姜博士和北方大学的李博士。再往后一点便是来自黑龙江佳木斯师范学院的勾教授，他戴着眼镜，着装休闲，为人古道热肠。绿灯亮了，江一舟和学员们顶着烈日急速穿过了马路。

江一舟回忆着前段时间发生的事，同学们很快地离去，使他倍感孤独，与同学们相处的画面老出现在他的脑海里。

初升的太阳又照在了培训基地大楼前的广场上，一些如旧，只不过少了往日学员们练太极拳、锻炼的身影。又一天了，江一舟七点钟才磨磨蹭蹭地起了床，他要坐九点钟长春到北京的动车，从培训基地到火车站坐大巴得一个小时。他收拾好行李，没敢耽搁就离开了房间，走出了空荡荡的宿舍楼，瞥了一眼三楼大门紧闭的报告厅，看了一眼窗帘都没拉开的餐厅，人渐去，楼在空。江一舟向门卫轻声道了别，便快步走出了培训基地，直奔车站而去。

动车飞驰在东北平原上，江一舟吃过了早餐，朝窗户外面望去，一片片绿油油的玉米地和水稻田在眼前飞驰而过。他本想好好看看东北的沃野千里，可列车速度太快，他有点头晕。于是他放下了靠背，半躺在座椅上闭目养神。

天色已晚，街上的灯全亮了，星火北路超市前的夜市又开张了，生意一家比一家红火。同学们走得差不多了，他一个人没心思看书，另外，培训基地的餐厅因人太少，不供应晚餐了。江一舟不得不出来走走，他找了个小餐馆吃了一碗面，解决了晚饭后，他顺着星火北路西边的人行道向北走，路上行人寥寥无几，灯光下的树影随着微风不停地来回摆动，人行道上静悄悄的，除了江一舟自己的脚步声外，再没有一点声响。不一会儿走到了星火路和星火北路交叉的十字路口，抬头向右望去，培训基地大楼十窗九黑。培训基地院子的大门在对面工厂灯光的照射下才能隐约看见，再往前看去，远处的灯影下，有一位同学背着包、拉着行李箱朝前面十字路口的北方大学车站走去，不时地转身朝培训大楼的方向看，江一舟再一看，她是来自安徽大学的李老师，当江一舟反应过来时，那个身影已在十字路口拐弯了，江一舟想跑上去送送，赶不上了，算了吧。同学们一路顺风、平安到家，江一舟心里默默地祝福着每位同学。

大部分同学在八月十日离开了培训基地，刚好是农历的七月十五月圆之时，中央电视台报道："今年公历八月十日、农历七月十五是四十年才有的大月圆之夜，是月球和地球四十年才一次的最近距离的接触。"同学们，同窗二十天，邀月四十年，何事长向别时圆，自古至今别亦难。

结业正十五，离苑月圆时。

眨眼有一月，梦绕星火楼。

同窗二十天，邀月四十年。

一生一回难，长相思也难。

六个小时风驰电掣的行驶，江一舟下午在北京转乘西去的列车，踏上了回家的又一段路程。他的票是在 12306 网上订的，到北京西站，江一舟在自动取票机上刷身份证拿到火车票后直奔检票处。卧铺车厢人满满的。江一舟的票是下铺，他把行李放在了铺下，就躺在铺上休息了。

烈日炎炎，大地像被烤过一般，沥青路面上热浪翻滚，到了学员们去听报告的时间了，培训基地要求大家去北方大学图书馆报告厅听报告，要提前半小时从培训基地出发。这样的话，学员们几乎每天都得横穿星火路的十字路口。这条路南北走向，是长春市的一条主街，六车道宽的马路上汽车像脱缰的野马，一辆辆争先往前跑。最可怕的是十字路口没设红绿灯，江一舟和同学们每次过马路都捏着一把汗。

江一舟按时走出了培训基地大楼，抬头看去，星火路右边的人行道上，一位身着蓝绿格子短袖衬衫、军绿色短裤的帅哥手里拿着公文夹，胸前挂着学员证，疾步过了马路，一个箭步踏上了北方大学南门前面的人行道，他就是五班的班长，来自新疆的黑龙江人。再看星火路左边的人行道上，身着白边黑裙、留着短发、亭亭玉立的重庆美女陈老师和她的舍友快步朝北方大学图书馆报告厅走去。同学们三三两两顶着烈日，等待机会过十字路口，同学们差不多都走上了北方大学前面的人行道，江一舟加快了步伐。北方大学图书馆报告厅在校园的西边，离培训基地有五百多米。当他到报告厅时，前面已坐满了人，他就坐到了靠墙放的塑料凳子上。

火车停了，人们一走动，江一舟也醒了。"怎么梦里又走了一趟北方大学？"江一舟暗暗笑自己对培训太投入了。

十一、等待赴任

时光荏苒，培训结束半年多了，被培训的学员陆续奔赴自己的项目院校，开始工作了，而江一舟却没有任何消息。他联系了项目院校——摩尔多瓦国际语言学院孔子学院，对方的回答是校方正在办理手续，希望他能耐心等待。这一等半年过去了，他盼着早日接到汉办的赴任通知。

> 长春明月四海圆，
> 五湖英才共婵娟。
> 结业飞逝已半年，
> 望月盼星接汉函。
> 枕戈待旦有多时，
> 何日烽火起狼烟。
> 望月渐去又一轮，
> 明晨可有喜鹊还。

江一舟的着急是有道理的，他的等待是没有时间优势的，其他学员论时间可用十年为单位，而他只能以一年为单位，江一舟等待得很辛苦。同事、亲戚、朋友一见面就问："什么时候走？""怎么还没走？""不去了？""回来了？"这种尴尬局面不知还要持续多久，为了尽可能地避免尴尬，他只能少出门了。尽管他不厌其烦地向人们解释，可他就怕别人问那些他回答不上来的问题。江一舟在想他的决定是否错了，退休了就该享受天伦之乐，还去什么孔院工作？还是说他年龄太大，被招聘院校否决了？他知道在海外的孔子学院缺少像他一样有丰富的工作经验的老师，而他们这一代人的优势就是对工作的执着和认真。但是迟迟没有消息快使他失去信心。他是否该告诉汉办让他退出，让更有竞争力的老师去？他应静下心来享受天伦之乐，安度晚年了。

　　一眨眼，已经到了新年的二月，有的学员已在项目院校工作半年了，而江一舟没有收到任何消息，他不想给别人添麻烦，他不想找人问、打扰别人的工作，一切顺其自然。

　　下午天气很好，江一舟带着小狗 Lucky 来到了河边，小狗高兴地四处奔跑，不停地用爪子抓江一舟，示意他一起跑，江一舟跟 Lucky 跑了一段路，在一个网球场旁边的椅子上坐了下来，这时电话铃响了。

　　"喂，您好，您是江一舟老师吗？"

　　"您好，我是江一舟，您是？"

　　"我是汉办的老师，想问一下您在哪儿。"

　　"我在家。"

　　"您怎么还没有赴任？"

　　"我的项目院校让我耐心等待，他们在办手续。"

　　"哦，好的，我们知道了，打扰了，再见。"

　　"再见。"

　　汉办的来电让江一舟一头雾水，不知道是怎么回事。但他明白了一点，就是项目院校还没有办理好签证材料，汉办不知道原因，才打电话问他。

　　回到家之后，他把汉办打电话询问的事通过邮件发给了项目学校。说来也怪，汉办打电话询问赴任之事不到一周，他就接到了摩尔多瓦校方的通知。熬了半年之久，突然要走，他还是觉得来得有点快，好像有点措手不及。江一舟半年前就开始准备行装，可通知一到，就觉得好像什么都没准备一样，他这才开始正式收拾行装，准备出发。

夕阳还在山那边

经过半年的等待，虽然摩尔多瓦共和国移民局的邀请函让江一舟有点激动，但培训时的激情已所剩无几。江一舟的心情有点紧张，他知道该做什么，责任感和使命感使他振作精神，义无反顾，勇往直前，迎接他人生的第二次挑战。

十二、摩尔多瓦酒窖

摩尔多瓦是欧洲最不发达的国家之一，其经济以农业和酿酒业为主，在苏联解体以后，经济遭受了重大的挫折。国土面积的80%是黑土地高产田，站在山丘上，一眼望去，黑油油的土地连绵起伏，没有尽头。弯腰抓一把湿一点的黑土，用力一捏，好像要流出亮晶晶似油的黑色液体。摩尔多瓦人祖祖辈辈守着黑金子般的土地繁衍生息，农业是他们的支柱产业，而且他们知道黑金子般的土地适合种植什么、不适合种植什么。他们种植的农作物最能适应黑土地，小麦、葡萄、葵花、甜菜和烟草等是他们主要的农作物。在苏联时期，摩尔多瓦是苏联水果、浆果、玉米、葵花和蔬菜等农作物的生产、供应基地之一。全国播种面积约185万公顷，谷类占播种面积的50%，经济作物占20%。除了以上农作物外，还种植玉米、冬小麦、大麦、裸麦；主要经济作物有烟草、甜菜、大豆、向日葵、亚麻和大麻。向日葵是最重要的经济作物之一，全境均有种植，尤以东南部为多。种植业占农业总产值的70%，葡萄种植业和园艺业在农业中占有重要地位。葡萄种植面积为25.3万公顷，占苏联葡萄种植面积的30%以上，摩尔多瓦独立以后，俄罗斯不进口摩尔多瓦的葡萄酒，摩尔多瓦的葡萄种植面积减少了很多，而且每年都在调整种植结构。其他水果种植面积约为17.2万公顷。葡萄园主要分布在南部和中部，其他果园主要在北部和东南部。葡萄和烟草产量在苏联各加盟共和国中居首位，其他水果和甜菜产量居第三位，独立以后，俄罗斯减少了进口摩尔多瓦的农产品。摩尔多瓦的葡萄、烟草、其他水果和甜菜的产量也大幅度减少。除了国内销售外，主要出口到周边的国家，另外，摩尔多瓦的药、香精、玫瑰油、母菊油、薰衣草油、鼠尾草油等享誉国际市场。农作物的产值在农业产值中占 65.7%，畜牧业在农业产值中约占 34.3%。农业以及与农业相关的部门是摩尔多瓦国民经济赖以发展的基础。农业和农产品加工占国内生产总值的 60%，全国有 46% 以上的劳动力从事农业生产。农业生产直接关系到全国人民的物质生活，对国家的经济发展有很大影响，政府非常重视农业的发展，而作为摩尔多瓦支柱产业的葡萄酒酿造更是摩尔多瓦的一个特色和品牌。近几年，摩尔多瓦的葡萄酒也在极力开拓中国市场，销量逐年上升，成为中摩两国主要贸易商品。凡是来摩尔多瓦旅游或参观访问者，首选是参观摩尔多瓦历史悠久的酒庄。

正月初二，林院长安排江一舟去参观摩尔多瓦最大的酒窖——米列什迪米茨酒窖。江一舟因对酒精过敏不喝酒，不管什么酒，白酒、红酒、啤酒，他都不能喝。但听说摩尔多瓦的红酒是国际品牌，有国际上一流的红酒酿造条件和技术，他倒想看看让很多人醉倒的红酒是怎样酿出来的。

一大清早，江一舟就来到了集合地等待其他人，不一会儿林院长和一位中国人一起来了，经介绍，这位是被摩尔多瓦的大老板请来为其母治病的中医，今天的活动是老板安排的。于是他们三人上了老板安排的车，直奔米列什迪米茨酒窖。摩尔多瓦有几千年的酿酒历史，自公元 9 世纪开始，俄罗斯人就以饮摩尔多瓦的红酒为荣，特别是沙皇时期，俄罗斯的贵族都离不开摩尔多瓦的美酒。

摩尔多瓦的地理纬度与法国勃艮第相似，土地肥沃，气候温和，有充足火热的阳光和众多山谷，使得摩尔多瓦能生产品质最好的红酒，而且具有独特、奇妙的味道。摩尔多瓦的自然条件得天独厚，其地理位置和土壤条件造就了世界上独一无二的优质葡萄种植园。但摩尔多瓦的红酒销量滞后，远远不如法国、意大利等国。其中原因之一是在 20 世纪中期，作为苏联的一部分，摩尔多瓦的红酒主要供应苏联，没有打开全球市场。

　　车行驶了不到一小时，就来到了米列什迪米茨酒窖。酒窖位于山谷里，一进入山谷大门，一个硕大的酒桶和一些与酿酒有关的雕塑和图案出现在游人的面前。先在山谷大门的门房买票、聘导游，然后乘车来到了山下的酒窖门前。酒窖开凿在一面有 30 米高、100 多米长的山崖下。不一会儿，酒窖大铁门咯吱吱、咯吱吱地缓缓开了，一扇门足有 4 米多高、2 米多宽、30 多厘米厚。车直接开进了酒窖，走了约五十米，车停下了。导游说："现在游人要步行了，游客的车只能开到这儿。"据说这个酒窖在基希讷乌建市以前是采石场，人们把这里的石灰岩凿成各种石材，用来修建房屋宫殿，所以基希讷乌也被称作白石头城。后来人们发现山洞的湿度和温度适合藏酒，于是人们慢慢地将采石场改建成了酒窖。采石场的痕迹随处可见，不论山洞顶部还是两边洞壁，到处都是凿石料留下的大小印记。

米列什迪米茨酒窖还是吉尼斯纪录的世界上最大的酒窖，不论其规模还是藏酒量都是令人惊讶的，地下酒窖隧道全长一百二十五英里，其规模闻所未闻。江一舟第一次参观酒窖就来到了世界之最，觉得很幸运。

进入酒窖隧道参观的第一站便是一处地下瀑布，晶莹剔透的地下水从崖面上涓涓流下，在灯光的作用下五彩缤纷，魔幻般神奇，与其说是地下酒窖，倒不如说是地下宫殿。瀑布水帘不高，有两米。潺潺流水溅起的水花像一颗颗闪闪发光的珍珠撒落在游人面前，好像在问人们，这样的水酿出的酒能不好喝吗?

美女导游是唯一能讲英语的摩尔多瓦酒窖导游，江一舟紧紧地跟在她后面，想好好听听酒窖的故事，可刚到摩尔多瓦的江一舟听不清她在讲什么，他分不清她讲的是英语、罗马尼亚语还是俄语，跟着听怪吃力的，算了吧，自己看看、猜猜，放松点。酒窖隧道四通八达，说是一座地下城一点也不为过。江一舟远远地跟在导游的后面，一处一处慢慢地观察想象。这些隧道是当年采石料形成的，造酒窖时只不过是在隧道崖壁两侧凿了一些石窟，高有 3 米，宽 1 米多，深 1 米左右。里面有石头凿成或水泥做成的各种放酒的架子，架子上摆满了瓶装酒，按照品牌、酒精浓度、生产日期一层一层平摆着，有的窟藏酒已有百年以上的历史了。每个酒瓶口都挂满了蜘蛛网状的物体，有的多，有的少，他们讲那是有益菌，是酒储藏过程中产生的，这样的话酒的质量就会更好。

在隧道里已经走了一个多小时了，七拐八拐，不知走了有多远，离地面有多深，导游把他们领到了石墙跟前，取石料凿下的石缝有深有浅，有大有小。导游让大家不要往前走了，她走到墙跟前按了一下按钮，随着轰隆隆的响声，墙面上的一扇门打开了。哇，地下宫殿般的隧道让大家眼前豁然一亮，导游示意大家进去，前厅灯光柔和，不同的背景墙、不同的灯光告诉人们一个个不同的故事，高雅、庄重的绘画、雕塑把人们引向摩尔多瓦人民酿酒的故事和传说。

走过前厅向右拐来到了后厅，后厅门开了，两位身着欧洲绅士礼服的帅小伙鞠躬迎客，一踏进大门，悠扬的小提琴和手风琴声让人仿佛走进了欧洲的音乐大厅，顿时心旷神怡，倍感温馨。

"江教授，这里就是餐厅，我们已经订好了餐。"林院长低声告诉江一舟。原来已经到了午饭时间了，在地下酒窖时间过得真快。江一舟环视了四周，餐厅是丁字形的，有两条长桌子，能坐三十人左右，桌椅全是欧式风格，银色的多头烛台摆在桌子的两边，桌边的推车上放着各种葡萄酒，有红色的、褐色的、橙色的、白色的，看起来很诱人。

江一舟四处看了看，就被安排在了最中心的位置，可能是客人少的原因吧。江一舟一行人坐下不久，一位穿着白衬衣、打黑领结的服务生过来给大家打开了餐巾，摆好了刀叉，放好了各式酒杯，并说这儿的酒全免费，喜欢喝什么酒就喝，还给每人斟了三种酒，让大家品尝。不一会儿第一道菜就上来了，是洗干净的西红柿、黄瓜、生菜和奶酪拌的沙拉，热菜有炒米饭、炸鸡翅、土豆片，外加主食烤面包片。盛情难却，江一舟和大家一起喝了一口冰白，相互祝贺新春。此时刚才在门口拉小提琴和手风琴的艺人边拉边走，来到了他们身边，当得知他们是中国人时，就拉起了中国民歌《茉莉花》，歌声回荡在整个大厅。过去江一舟只在电影上看过这种待遇，今天亲身体验了一把，太有意义了。

十三、不懂罗马尼亚语的尴尬

周末了，国内是农历正月初四，按照风俗，人们开始走亲访友、朋友聚会了，一些农村传统的文化活动才开始，人们拜祭祖先后，开始舞龙舞狮、踩高跷、划旱船、逛庙会来祈福禳灾，祈求来年风调雨顺、五谷丰登。在一些农村地区，这些活动一直要延续到正月十六或正月十七。

周一就要正式上班了，为了不影响工作，先得备点口粮吧。江一舟吃完早点，穿好衣服，走出了斯特凡大公街的住处，向南走去。基希讷乌最大的超市就在前面不远的地方。江一舟沿着坑坑洼洼的人行道，走过了两个街区，前面是一条名字非常有意思的街——"1989 年 8 月 31 日大街"。孤陋寡闻了吧，用年月日命名的大街还是第一次看到，江一舟很好奇，一条街用年月日命名肯定有故事。有一次他刚好在 1989 年 8 月 31 日大街上碰到了房东，他抓住机会问房东街名的来历，房东饶有兴趣地告诉他："摩尔多瓦独立以前，官方语言是俄语，学校、机关都讲俄语。独立后，罗马尼亚裔渐渐地占了上风，在 1989 年 8 月 31 日通过议会表决，将罗马尼亚语定为摩尔多瓦的官方语言，每年的 8 月 31 日被定为摩尔多瓦共和国的语言日。此街名是为了纪念语言日而设立的。摩尔多瓦如今在任何正式场合讲话都要用罗马尼亚语和俄语两种语言。"江一舟恍然大悟，觉得街名很有意义。

再往前走就是布库列什茨大街了。基希讷乌市的建筑物的方向和中国大多数城市的建筑物不一样，整个城的建筑是西北角对东南角，没有坐南朝北或坐北朝南的建筑物，太阳从房子的东南角升起，西北角落下。在这个城市里不能说向东走或向西走，只能说直走或向左向右走。横穿过布库列什茨大街，就能看到一幢八九层高的粉红色大楼，楼前有一个很大的停车场，基希讷乌最大的超市就在一楼。超市功能齐全，是国际化的超市，货架上商品琳琅满目，从日用百货、副食蔬菜到面包烟酒，应有尽有。虽说是基希讷乌最大的超市，但和人口多的国家相比，充其量是一家社区超市。超市商品很丰富，大多数副食、海鲜、蔬菜和水果来自土耳其、意大利和北欧的一些国家。摩尔多瓦本国产的蔬菜、水果、面包、红酒等生活日用品也不少，服装和家电有不少是中国生产的，但高级奢侈品主要来自法国、德国、英国和意大利。商品价格没有可比性，一个国家和另一个国家的消费水平有差异，价格自然有高有低。江一舟买了足够三天享用的蔬菜、水果、面包、挂面，他想买点土耳其牛肉，可他没法和服务员沟通。

"Do you speak English?"江一舟问服务员，服务员微笑着摇摇头，江一舟初来乍到，罗马尼亚语、俄语都不会，这可怎么办？他接着问了好几位逛超市的，都没成功。就在他准备放弃时，一对衣着简朴、看上去邋里邋遢的男女朝他走过来。男的不修边幅，胡子拉碴，女的像是农村进城的年轻农妇。他们俩说说笑笑朝江一舟走过来，上午超市里人不多，他们俩看见江一舟非常尴尬地站在副食品柜台前，停下了脚步，来到了江一舟跟前，上下打量一下，他们心里在想："哦，黑头发、黄皮肤的外国人。"江一舟抓住机会："Do you speak English？""A little."头发乱蓬蓬的男子流利地回答道。于是江一舟告诉他们，他想买土耳其的牛肉，这男子转身和服务员说了半天，可服务员还是不明白，估计这两人也不是摩尔多瓦人，就在这时，男子将两只手放在头上，做了个牛角的姿势，服务员笑了，指着一个柜台，意思是"这里全都是土耳其牛肉，你选吧"。江一舟在一旁差点笑出了眼泪。这种情景江一舟只在课本上见过，没想到教了大半辈子书，还上演了一次现实版的"你比划我来猜"。其实在基希讷乌年轻人会讲好几种外语，罗马尼亚语、俄语、德语、意大利语、保加利亚语和英语，还有讲其他语言的，年龄大一点的摩尔多瓦人只讲罗马尼亚语和俄语。就这样，江一舟完成了第一周的购物任务，他可以安心地教书了。这些事在家里从来不用他操心，而现在哪怕一块面包、一份早点都必须自己操心，他得习惯这种生活。

十四、开始工作

　　三月的基希讷乌虽然不是寒风刺骨的三九寒天，但万物萧条，依然处于冬天的荒芜，到处枯草秃树。上午一直下着小雨雪，午饭后江一舟睡了一会儿。2点多了，他起了床，向窗外望去，天晴了，乌云已无影无踪，湛蓝的天空没有一丝云彩，太阳已经偏西了。看着雨后的树枝和枯草下的绿芽，春天已悄悄地走来了，江一舟不免想起自己的小花园，该松土、种花了。想起了家乡，他朝东边望去，国内此时应是傍晚了。

> 浓雾细雨草木新，
> 异国春色分外明。
> 山川铺绿万花飞，
> 水映青杨候鸟归。
> 眺望山川正午时，
> 皓月凌空故乡明。

　　江一舟拿到课表后，满怀激情，想着如何才能上好课，他在上课前分析了学员信息表，了解了每一位学员的需求和汉语水平，他反复考虑如何在最短的时间内让他们掌握汉语的听、说、读、写四种技能。不远万里来教汉语，就得努力让学生学点东西，才不虚此行。

　　摩尔多瓦实行免费义务教育，学龄前教育、初等教育、中等教育和高等教育都免费。主要高等院校有摩尔多瓦国立大学、摩尔多瓦国立农业大学、摩尔多瓦理工大学、摩尔多瓦经济大学、基希讷乌国立教育学院、医学院、艺术学院、音乐学院等。摩尔多瓦也接收政府奖学金项目留学生，主要集中在摩尔多瓦国立大学、农业大学和经济大学等院校。摩尔多瓦国际语言学院也招收非政府项目的外国自费留学生。国立大学和其他公办学院的学生主要是攻读专业课程，而国际语言学院的留学生主要是学习语言。中国每年都有五六名留学生来摩尔多瓦国立大学读书，学习俄语和农业方面的专业。不过中国和摩尔多瓦至今没有互认学历，两国学制不一样，摩尔多瓦大学大多数专业课程是三年制。

摩尔多瓦的教育理念、教育制度、教学方法和中国的教育理念、教育制度、教学方法有许多相同之处，其原因很简单，两国都曾受过苏联教育家伊凡·凯洛夫教育思想的影响。另外，摩尔多瓦是一个小国家，教育、就业多样化，他们东边和北边与乌克兰接壤，西连罗马尼亚。摩尔多瓦公民都有罗马尼亚护照，他们来去欧盟各国不需要申请签证，这样学生选择的余地很大。只要学习成绩好一些，东北边俄罗斯、西北边欧盟各国的大学，摩尔多瓦的学生都可以自由报考。虽说高考在摩尔多瓦人的心中很重要，但摩尔多瓦没有"千军万马过独木桥""一考定终身"的现象，一切平静而自然。特别是高等教育，学生选择的余地很大，除摩尔多瓦大学为本国学生提供奖学金外，美国、罗马尼亚和俄罗斯的大学也为摩尔多瓦学生提供奖学金和学习、打工的机会，鼓励摩尔多瓦学生出国留学。有一定经济能力的家庭，他们的孩子选择余地就更大了，像德国、英国、法国、意大利等国的大学都为摩尔多瓦的学生敞开着大门。虽然有些欧洲国家给摩尔多瓦学生提供优厚的奖学金，但一些家庭承担不起国际交通费，学生就失去了上国外大学学习的机会。留在本国读书的学生的首选是摩尔多瓦的国立大学，每年报考国立大学的学生很多，其次就是国立技术大学、国立农业大学、国立经济大学、国立医科大学等近20所高校。如果这些大学都不想上的话，学生还可以选择民办学院，摩尔多瓦国际语言学院就是其中的一所。

　　摩尔多瓦国际语言学院借助孔子学院汉语教师的优势开设英汉翻译专业，这样孔子学院的汉语课程就纳入了摩尔多瓦国际语言学院英汉翻译专业的必修课。其他汉语课程都是选修课、兴趣班，或是在基希讷乌和贝尔茨中小学开设的外语课。江一舟到摩尔多瓦时，刚好是学期中间，摩尔多瓦国际语言学院只好临时招生。孔院的秘书布可娜说："江教授，商务汉语培训班招生结束了，明天晚上就可以上课了。由于是临时招生，一共招了六名学生（在摩尔多瓦国际语言学院，一个班经常上课的学生就是五六个人），他们来自公司、学校，还有在家自学汉语的学生，都是成年人，详细情况你可以在课堂上了解，这是学员名单。"说着把名单递给了江一舟。江一舟在国内教的都是大班，外语专业也有 30 多人，而现在只有几个人来上课，他的心有些凉了。本想漂洋过海来教汉语，好好上几节课，可没想到只有六个学生，而且参差不齐，这如何是好？其实已经很好了，孔院兴趣班只有一两个学生是常有的事。后来有一位在中国读研的学生告诉江一舟："老师，摩尔多瓦国际语言学院英汉翻译专业学生的情况是这样的：一年级十几个学生，二年级七八个学生，三年级能跟上的就四五个学生了。"江一舟心里想，这有点太夸张了吧。

　　第一节课在四楼的教室里上，江一舟走进教室一看，能坐 50 人的大教室空荡荡的，没有一个学生。欧洲班额小，但也得 10 个左右的学生吧。在摩尔多瓦中学，一个班一般都是 20 个以上学生，没有几个学生的班。江一舟曾经做过大班外语教学方法的研究，但从来没有想过小班如何上课。他观摩过不少英国、澳大利亚的中小学的课，无论如何每个班至少也得 10 多个学生。就在他犹豫之时，听到有人说："老师好，对不起，我来晚了。"紧接着 6 名学生鱼贯而入，进了教室，坐在了第一排。原来他们早就到了，教室门没开，他们就在隔壁教室等，没想到老师比他们先进了教室。

　　"同学们，晚上好，欢迎大家来学习汉语，有机会和大家一起学习汉语，我很高兴。"接着江一舟先做了自我介绍。

江一舟仔细听着学生们的自我介绍，脑子里快速地扫描着每位学生的自我介绍，分析着每位学生的汉语表达能力、汉语水平，以及如何才能帮助他们提高汉语水平。

"好了，大家想学习汉语，我作为一名中国人非常高兴，我将尽我所能帮助大家，尽可能快地提高大家汉语的听说读写能力。"

"老师，我有问题。"说话的学生一头金发披在肩上，大眼睛里透着善良和友好，皮肤白皙，看上去就像橱窗里的洋娃娃一样美丽。她身着深蓝色的西服、白衬衣，胸前佩戴着一朵小花。她举着右手，面带微笑，但难以掩饰紧张的神情。她叫安丽娜，是摩尔多瓦经济大学大三的学生，爸爸是俄罗斯人，妈妈是保加利亚人。她已在孔院学了三年汉语了，而且是学习汉语的佼佼者，曾参加过"汉语桥"世界大学生中文比赛，取得了摩尔多瓦赛区第一名、欧洲赛区第九名的好成绩。

"好啊，同学们，今天第一次上课，我们先好好聊一聊，请讲。"

"老师，我来学习商务汉语，学成后我想在摩尔多瓦的中国机构或公司工作，您看我该学些什么比较好？"她讲的汉语不是一般的流利，除个别音调不到位外，几乎没有任何问题，没有三五年的功夫是达不到这个汉语水平的。

"学习商务汉语，主要是以汉语为基础，在掌握了一定词汇和汉语语法的基础上学习一些与商务有关的常识和知识，像一般的迎来送往、会议接待、商务谈判、外事礼仪和国际惯例等等。"

"老师，我在哪儿可以学到您说的商务谈判和外事方面的课程？"

"不管在哪个国家，学商科的都要学'商务谈判'和'外事礼仪'这两门课程。"

"老师，我想知道在哪儿可以买到汉语版的这一类书。"

"在中国很多大学开设这两门课，中国书店这方面的书很多。"

"老师，我要去中国留学，您说我去哪一所大学好？"

其他学生示意过好几次有话要说，可这位同学抓住机会不放。江一舟微笑着说："这个问题很重要，下课后我给你提个建议，好吗？让其他同学提问题吧。"

"老师，我是自学汉语的，我不知道我能不能学好汉语。"提问的学生有一双深深的大眼睛，蓝眼珠像一对玻璃球似的，非常吃力地、一个字两个字地提完了问题，而且她已经把问题写在纸上了，可以说是读出来的。她的名字叫桑亚娜，大学毕业后没去工作，在家自学汉语。

"可以呀，只要学肯定没问题，你自学多长时间了？"

"我，我学习汉语有两年了。"

"时间不短了，非常好，语言学习实践性很强，如果有条件来学校学习最好，这样有语言环境，对于提高听说能力是非常有帮助的，同学之间相互练习比较方便。"

"对，老师，我是要练习的。"

"老师，中国的大学是如何区分的？比如"university"和"college"有什么不同？"安丽娜迫不及待举手提问题，好像担心老师下课似的，她不顾其他学生有没有发言的机会，想在课堂上把她的问题全部问完。

就这样一晃两个小时过了，江一舟一看表，时间都过了半个小时了。

"好了，同学们，今天就到这儿。回去把我给你们的商务汉语教材第一课预习一下，它们是我们下次要学习的内容。"

下课了，江一舟收拾好教材，拎上包走出了教室。此时天已黑了，他和同学们说声再见就下楼了。在国外上课不是第一次了，可这次不一样，以前是教学方法研讨，或短期语言培训，都是外语课，这次是作为中国汉语语言老师来讲汉语，的确有点紧张，其紧张并非来自压力，而是来自责任感，不过他对自己第一节课的表现还算满意。他想调动学生学习汉语的积极性，把学生牢牢地吸引住，在他的课堂上让学生们主动参与语言实践，通过亲身体验来掌握汉语的听说读写技能。能培养出汉语人才，他也就不虚此行了。

江一舟边走边想，很快来到了斯特凡大公大街，刚下过雨，人行道还没干，况且基希讷乌的人行道本来就破败不堪，一下雨就更不好走了，到处坑坑洼洼的。江一舟低着头，小心翼翼地一步一步朝前走。

"老师，您怎么没等我？"江一舟回头一看，是安丽娜。

"安丽娜，你怎么在这儿？"

"我回家，我下课后去门房交教室门上的钥匙，一回来您就不见了，我就追过来了，我知道您往这边走。"

"那你往哪儿走？"

"我们家比您住的地方要远一些，老师，我们坐车吧，马路对面就是车站。"

从学校到公寓，江一舟步行二十分钟就到了，另外，江一舟在公寓宅了一天了，想在外面走走。

"安丽娜，我想走回去。"

"我陪您走，没事，我也是这个方向。"安丽娜陪着江一舟沿着斯特凡大公大街向东南方向走去，路上安丽娜讲了很多她想学汉语的理由，江一舟被这位漂亮女孩学汉语的执着精神感动了，他耐心地听着，回答着。这时安丽娜的电话铃响了，安丽娜接完电话说：

"老师，是我妈妈的电话，她问我到哪儿了，我是女孩，我晚上回家时，我妈妈担心我。"

"是啊，我理解，可怜天下父母心。"江一舟不由自主地随口说道。

"老师，您在说什么？"

"哦，我是说，天下的父母对孩子的爱都是一样的。我女儿上学回来晚了，我和你妈妈一样会打电话，而且会去学校接她。"

"是吗？老师，您说的话我要写下来。您再说一遍，好吗？"安丽娜掏出了笔记本，认真地写下了"可怜天下父母心"。

安丽娜告诉江一舟，她爸爸做点小生意，妈妈是医生，她还有两个弟弟，长得都很帅，个子也比她高，她回去晚了的话，他们就在车站接她，保护她。

此时教堂的钟声响了，安丽娜告诉江一舟，已是晚上9点了，江一舟觉得让安丽娜陪他走回去耽搁了安丽娜的时间。

"安丽娜，你回家坐几路？"

"22路车。"

"安丽娜，你坐车回家吧，前面就是22路车站，这样你就能快一点到家，好吗？"江一舟看到公共车站时对安丽娜说。

"好吧，老师，那您知道回家的路吗？"

"知道，我已走过一次了。我送你上车，不能让你妈妈担心。"

不到十几分钟，安丽娜的妈妈打了三四个电话。家长着急，江一舟就让安丽娜快坐车回家。不一会儿，22路车就来了，22路车是横穿基希讷乌中心市区的无轨电车，三五分钟一趟，是基希讷乌市最繁忙的公交路线之一，乘坐的人很多。江一舟看着安丽娜上了车，车开了，江一舟这才转身走回公寓。

十五、五枪广场

基希讷乌的气候和江一舟家乡的气候差不多，所不同的是土壤性质不一样，一个是酸性黑色土壤，一个是碱性黄色土壤。要说温度，春秋季有点惊人的相似。只要查看中央天气预报，两个地区的温度几乎一样，相差不多，最多相差一两度，摩尔多瓦的地下水丰富，湿度要大一些，但丘陵地貌通风不潮湿，让人们感到很舒服。

三月份了，天气变化很大，一会儿阳光灿烂，人们觉得已经过了严冬，春天快到了，可一会儿乌云密布，雪花飘飘，寒风飕飕，天气一点也没有转暖的迹象。人们在希望与失望的交替中等待着春天的到来。地球围绕太阳旋转是没有休息的，转到哪个角度，不是因人们的希望而改变的。

春天的脚步不停地向人们走来。周末了，江一舟决定出去转转。摩尔多瓦的作息时间既有俄罗斯的影响也有罗马尼亚的影响，但周末两天休息时间是不变的。江一舟穿好了衣服，戴好了帽子，走出了公寓，来到了楼下，抬头望去，天气不错，湛蓝的天空飘着几朵白云。这是一周来第一次看到蓝天白云。江一舟顺着公寓前面的马路向北方走去，清晨，一阵阵冷风吹过来，虽说不刺骨了，但也刺脸。街上行人寥寥无几，马路上的车也比工作日少多了。摩尔多瓦人都以自己的方式享受周末，大多数都宅在家里，虔诚信教的人一大清早就去了教堂。

早晨气温很低，人们得快走，不然会受冻的。江一舟顺着大街，穿过了三个十字路口，来到了一个三角地，江一舟选择了走东北方向的一段坡路，走上去，眼前豁然开朗，他不知道到了什么地方。江一舟停住了脚步，环视四周，他来到了山丘最高处，平坦开阔的大广场展现在他眼前。远处有座高大的建筑物，建筑物周围是花坛或浮雕墙，远处还有其他看不清的建筑物。高处不胜寒，飕飕的冷风迎面吹来，有几分寒意。

江一舟朝着远处的建筑物走去，此时不知走了有多远，浑身热乎乎的，他抬头向前望去，一座像金字塔的红色高大建筑进入了他的眼帘，他沿着大理石铺砌的大道来到了建筑物前面。

建筑物是用红色的花岗岩建成的，有 20 多米高，底座的直径有 50 多米，再仔细看，是由五支竖立的步枪组成的纪念碑，枪头靠在一起，约 10 米多长的枪托朝五个方向撇开，枪头下方是燃烧着长明火的祭坛，祭坛前方朝西方向有两位士兵持枪守卫，分别站立在两支枪托旁边。原来江一舟

来到了摩尔多瓦战争纪念广场，中央的纪念碑就是摩尔多瓦家喻户晓的五枪纪念碑。

战争纪念广场四周是由黑色的铁艺栅栏围起来的，大门前有一个两个花圈套在一起组成的碑文，上面用俄语和罗马尼亚语写着"纪念阵亡将士广场"。江一舟走进广场，广场四周树木参天，绿草如茵。顺着整洁的广场马路绕纪念碑向南走去，树林中矗立着巨大的花岗岩浮雕群，向人们讲述着不同阶段战争的悲壮故事，主要是以第二次世界大战为背景，展现了摩尔多瓦战场上摩尔多瓦人民不畏强暴、英勇抗击法西斯的场面。沿着浮雕群向东南走就是墓地了，墓地的入口处矗立着一座悬挂一口大钟的圆顶建筑物，站在入口处台阶上一眼望去，墓地上墓碑或十字架一排排整齐地排列着，第二次世界大战阵亡的将士就长眠此地。

春雨贵如油，基希讷乌的春天经常春雨绵绵，坑坑洼洼的人行道湿漉漉的，有沙子破砖，走路得十分小心。雨是上周开始下的，雨下得不大，可不停地下着，昨晚才有点收敛。近 10 天的春雨，下得到处湿漉漉的，没有一块干爽的地方。树上的乌鸦躲到了屋檐下，喜鹊也躲到树下觅食，江一舟离开了阵亡将士纪念广场，沿着 10 路车的线路返回。一边走着，一边观察着身边的景色，仿佛走在了家乡雨后的人行道上，重温着故乡雨后散步的感觉。

> 春雨情绵路泥泞，
> 不见太阳月难明。
> 乌鸦栖落屋檐下，
> 喜鹊觅食小树林。
> 清晨踏步他乡行，
> 何处不是故乡情。

吃完午饭，江一舟急忙去上课，下午一点的课，时间的确有点紧张。一个人置身于异国他乡，要打理吃穿住行还是很麻烦的，其他不说吧，一日三餐就够麻烦了，采购时得仔细计划一个人如何搭配早中晚餐，做饭既要简便一些，又不能天天吃一样的饭。江一舟本来不会做饭，现在里里外外一把手，采购、做饭、洗碗，哪一样不得自己动手？生活本来就是按时间计算的，没办法。江一舟把课本和刚完成的教案装进包里，拎上包急忙走出了公寓楼，穿过斯特凡大公大街的第一个地下通道，来到了人行道上。

十六、"一枝花"节

　　今天怎么和往常不一样？人行道上这么多的人，车水马龙，熙熙攘攘，江一舟不得不在人流中穿行。他发现地下通道出口处的人行道两边各站了一排身着民族服装的年龄不等的女人，她们每人面前摆着一个花盘，花盘上排满了红白两种颜色的各式小花，有位小姑娘干脆把花篮挂在脖子上，静静地站在花篮摊位的最边上，让人们挑选自己的小花。她也忙得不亦乐乎，不停向人们展示着自己的小花。人们你来我往，在人行道上穿梭，选购着自己喜欢的花，选好后就佩戴在胸前。卖花买花的人很多，占满了人行道，好像是临时花市，但没有吆喝声，没有吵闹声，交易不停地进行着，一切显得那么的平静，那么的和谐。

　　原来三月一日是摩尔多瓦人的"一枝花"节。三月一日意喻着冬天的结束，春天的到来。但正是冬春交替的不稳定时机，一会儿寒风冷冽，大雪纷飞，一会儿阳光灿烂，春意盎然。冬天不愿意走，春天得使劲把它送走。于是人们就佩戴红白两朵小花，白色代表冬天，红色代表春天。人们希望冬天慢慢地回去，春天稳稳地到来，祝愿人们在新的一年里平安幸福。

　　在美好传统节日的后面，有一个美丽动人的传说，在很早以前，摩尔多瓦的冬天是那么的漫长，北风不停地呼啸着，鹅毛大雪不停地下着，灰蒙蒙的天，白茫茫的地，没有一点生机。快三月了，依然冰天雪地，没有一点春天要来了的迹象，而且已经有三个白天没出太阳了，人们在黑暗中艰难地生活着。原来有一只不知从什么地方飞来的恶龙把太阳偷走了，藏在了很远很远的一个山洞里，太阳被锁住了手脚，困在山洞里，不能出来给人们送温暖和光亮。此消息很快地传开了，一位勇敢的摩尔多瓦青年决心拯救太阳，让太阳早日给人类送去光亮和温暖。他经过千辛万苦，行走了三天三夜，找到了藏太阳的山洞。他一进山洞就被恶龙发现了，于是他和恶龙展开了殊死搏斗，经过三天三夜的恶战，勇敢的年轻人还是不能打败恶龙，就在关键时刻，山洞里飞进来一只燕子，乘恶龙不备之际，用爪子抓伤了恶龙的眼睛。在小燕子的帮助下，年轻人终于打败了恶龙，救出了太阳。可是这位青年由于和恶龙搏斗时受了伤，体力也已近耗尽，他没有办法向人们报告这个好消息。为了让人们尽早知道这个消息，他帮助燕子飞出了山洞，让燕子飞向人间报告好消息。其实燕子与恶龙搏斗时也受了伤，燕子的翅膀每扇动一次，就有一滴鲜血流出，燕子的鲜血一滴一滴地洒在了白茫茫的大地上，从东洒向西，从北洒向南。说来也奇怪，每滴洒在大地上的鲜血都长出了一棵鲜花。当饱受黑暗煎熬的摩尔多瓦人得知太阳被救，祈盼着的春天就要到来时，人们欢呼着，跳跃着，迎接春天的到来。为了纪念勇敢的青年英雄和小燕子，人们纷纷摘下了地上的鲜花，佩戴在胸前。于是每年三月一日人们都要佩戴红白两色的花朵，一直佩戴一个月，到月底，人们将红白小花和一个美好祝愿一起挂在树上，以求来年平安幸福。

江一舟不敢多听，也不敢多看了，再看就迟到了，他加快了脚步，直奔学校而去。

为了庆祝"一枝花"节，摩尔多瓦文化部每年都要举办为期十天的文化节，有各种文艺节目演出，有摩尔多瓦国内文艺演出，也有其他国家文艺团体的演出，排得满满的。今年应摩尔多瓦文化部的邀请，中国驻摩尔多瓦共和国大使馆承办了一场中国专场音乐会。这是中国人民为摩尔多瓦艺术节献上的鲜艳奇葩，由中央广播民族乐团献上的"民族乐器演奏会"。中国使馆文化处人手不够，孔院上下总动员，老师们被分成了若干小组，接待小组、会务小组，分工明确、精心组织，保障演奏会的成功举办。摩尔多瓦人对中国了解不多，对中国乐器的了解就更少了，因此首先保障演奏会听众按时到场是很重要的工作之一，使馆负责邀请摩尔多瓦的政府官员和驻摩的外交使节，孔院负责给基希讷乌各行各业的嘉宾发送请柬，孔院的老师们忙得不可开交，忙得不亦乐乎。

摩尔多瓦人民酷爱音乐，他们尤其对小提琴、手风琴、管笛情有独钟，不论在舞台上还是在公园或田野里，唱歌跳舞时都离不开小提琴、手风琴和管笛。

音乐会安排在位于普希金大街的基希讷乌音乐厅举行。音乐厅是座典型的罗马式建筑，厚实的砖石墙，窄小的窗口，拱形穹顶。临街大门前有十三级花岗岩台阶，台阶两旁有两只约 3 米长 1 米高的石卧狮，抬头目视着来往的人们。高大宽敞的音乐厅前厅分两层，一层是接待室和衣物寄存室，顺着一楼接待室向里走就来到了大厅，大厅由八根直径有 1 米的花岗岩柱组成，一边四根，中间部分是主体，一排有 35 个座位，左右两边各有 4 个座位，整个音乐厅能容纳 370 多人。音乐厅的建筑结构和风格与维也纳音乐大厅相似，只不过内部的装饰色调不一样，以天蓝色为主色调，天花板吊有光芒四射的大吊灯，显得自然流畅。座椅一律是蓝色呢绒料子，配有白色框架和扶手。音乐厅舞台的背景是一面管风琴墙，由几十根粗细、长短不一，古铜色和银灰色相间的风管组成。

晚上六点钟，人们开始入场了，中国中央广播民族乐团献上的"民族乐器演奏会"是由中国驻摩尔多瓦大使馆承办的，为此被邀请的客人当中有摩尔多瓦的政府官员、各国驻摩尔多瓦大使馆的官员。人们络绎不绝，缓缓登上台阶，来到接待厅，工作人员盛情接待，大家寄存外衣后，正装步入大厅。七点整，摩尔多瓦文化部副部长宣布演奏会开始，中华人民共和国驻摩尔多瓦共和国大使先生先致辞，大使先生祝摩尔多瓦的文化节圆满成功，并对中央广播民族乐团做了简单的介绍。接着是摩尔多瓦文化部副部长讲话，感谢中国中央广播民族乐团来摩尔多瓦演出。

中央广播民族乐团一行 7 人，身着民族服装，手持民族乐器，面带微笑，一一登台和观众见面。台下观众起立，报以热烈的掌声，掌声之后，台上台下坐定。台上从左向右依次是二胡、长笛、古筝、长箫、琵琶。一曲《春江花月夜》，音乐大厅仿佛凝固了，人们心驰神往，望着一轮缓缓升起的明月，散步在碧波荡漾的湖边，湖面上泛起层层银波，恋人们花前月下，倾诉衷肠。琴声、琵琶声、箫声、二胡声，声声入耳，丰盛的民乐盛宴在万里之外的摩尔多瓦开席了。人们被感动了，人们动情了，一起随着音乐的起伏而呼吸。第一曲演奏结束时，响起了雷鸣般的掌声，摩尔多瓦人被打动了，被吸引了。从《春江花月夜》《二泉映月》《渔樵问答》《夜深沉》到《草原新歌》，每演奏完一曲，观众们总是激动地站起来报以热烈的掌声，当最后一个节目演奏完时，观众们的掌声经久不息，本来已走下台的演员们又回到舞台上，演奏了一曲京剧片段。此时感动的已不仅是台下的观众了，台上的演奏家们被摩尔多瓦人的礼貌、热情、友好所感动，他们深深地鞠躬，含泪谢幕。中央广播民族乐团在摩尔多瓦的演出成功了，坐在台下的中国老师和学生倍受鼓舞，格外自豪。

十七、基希讷乌市中心

　　已经三月中旬了，基希讷乌的春天的脚步还是有点慢。虽然冷暖交替，但还是冷占了上风。户外的人们裹得严严实实，冬装依旧，穿裘皮大衣、戴貂皮帽子的欧洲贵妇出入豪华建筑、高档轿车，一派寒冬腊月的感觉。没有一点点春暖花开的迹象，只不过，快到中午时，地面上的冰就慢慢地融化了。辛勤的花工们不失时机地出现在花园里，开始整理土地，准备种花。工作日江一舟上班时都得穿越基希讷乌市中心。市中心的标志就是一座6层高，100多米长，没有任何特色的长方形建筑——中央政府大楼，楼前有巨大的旗杆和旗柱，由四节不锈钢管焊接的旗杆，第一节直径有40厘米，第二节直径30厘米，第三节直径20厘米，第四节直径10厘米，一共有40多米高，上面飘扬着一面巨大的摩尔多瓦国旗。摩尔多瓦国旗呈长方形，长宽比例为2比1，蓝黄红三色竖条旗，中间黄色的竖条上印有国徽。蓝黄红三色源自罗马尼亚国旗，代表摩尔多瓦与罗马尼亚是同一个民族。国徽中金色的雄鹰口衔十字架，左爪持一根象征权威的权杖，右爪拿着象征和平的橄榄枝。黄色的牛头象征正义，牛头上方的黄色八角星代表国家主权。

　　中央政府大楼对面，一座方形的建筑物格外醒目，它就是摩尔多瓦标志性建筑物之一凯旋门，也称"神圣门""基希讷乌凯旋门"，位于市中心广场的东北边，是基希讷乌在第二次世界大战期间完好保存下来的、为数不多的没有毁于战火的建筑遗迹之一。凯旋门建在斯特凡大公大街的人行道和通往基希讷乌市中心公园的丁字路口上，而中心公园的中心是基希讷

乌的中心大教堂。凯旋门、钟楼、喷泉和教堂在一条线上。

　　基希讷乌的凯旋门没有法国的凯旋门高大，但也是摩尔多瓦最有特色的建筑之一。凯旋门是一座高约 15 米，长、宽约 10 米的方形双层建筑，一层是通向四面的平顶大门，约有 8 米高，二层的四面是拱形的窗户。在远处看和下面的平顶门合为一体，形成拱形大门。临街的一面正对着政府大楼，一口金色的大钟挂在一楼的顶部。从一层到二层，每一面都由四根带有浮雕图案的罗马柱组成，一层到二层的门檐上的浮雕以花卉为主。一楼的中央挂着一面摩尔多瓦的国旗。

　　沿着公园广场向里走，下了台阶就是教堂区了，先是一座塔楼式罗马建筑，有四层，一层比一层小，第四层是圆形的灰色塔顶，顶部矗立着一个十字架，第二层和第三层是钟楼，里面挂着大小不一的一组铜钟，一层是一间大屋子，里面陈设、出售一些宗教用品。再往里走就是白墙灰顶的大教堂了，教堂的灰色大圆顶上是一个金色十字架，穹顶下面是白色带有拱形窗户的墙壁，再下面就是白色方形的教堂主体，四面有门，台阶上前面有 6 根圆柱，后面有 6 根方柱，12 根柱子上面是三角形的门檐。教堂四周树木葱葱，树木下花坛边有不少供人们休息的连椅。沿着教堂的一侧走约 100 米就走出了公园，走过普希金大街的人行横道线，一座高楼横在了面前，抬头望去，墙壁上两个蓝色英文单词特别醒目："Sun city"（太阳城）。这是基希讷乌市中心最大的购物中心之一，一楼是副食蔬菜超市，其他楼层卖服装、鞋、家用电器、钟表、首饰、工艺品，琳琅满目。

对那些不会俄语和罗马尼亚语的外国人来说，到露天中心市场买东西没法询问价格，有些商品没有明码标价，这就很麻烦。而超市明码标价，不讲价，和中国橱窗里的模特一样美的美女售货员态度和蔼、诚实可信，所以在超市购物对那些不会罗马尼亚语和俄语的人来说还是很方便的。当然了，超市有超市的方便，但蔬菜水果没有露天市场新鲜、便宜，可选择的余地很小。到了周末买蔬菜和水果的话，大多数人都去基希讷乌的露天中心市场。

基希讷乌有一个很大的露天中心市场，其实是大棚市场，人们习惯叫它"中心市场"。其占地面积可能有上千平方米，从上午 9 点到下午 5 点，市场里人流如潮，从不间断，人们从四面八方来这里采购，市场按照商品种类分成了多个区域，应有尽有，蔬菜水果、水产副食、衣服鞋帽、家电百货、家装材料和五金工具等。其价格在基希讷乌是最低的，附近的农民也将自己生产的农副产品拿到市场上来卖。在市场的人行道边上，人们常常可以看到有些俄罗斯大妈拿着几根葱、一把香菜或一些时令蔬菜在卖，还有的带几块奶酪、一只宰好的鸡、自己腌制的各种酸菜（包括腌制的大西瓜酸菜）或自己酿的果酒放在人行道边上卖，卖完后再买一些自己所需的东西带回去。

中心市场熙熙攘攘，车水马龙，但很安静，没有叫卖声，没有中国式的大声吆喝，一切平静地进行着，每个摊位的生意都不错，人来人往，买卖自然地进行着。市场上的人一般都会说两种语言，俄语和罗马尼亚语。自从摩尔多瓦独立以后，议会立法把罗马尼亚语定为官方语言。为了确立罗马尼亚语的地位，他们还设立了罗马尼亚语言日，但人们在实际生活中还是什么语言方便就说什么。俄语使用了多少年了，一下子改说罗马尼亚语还是有点困难。语言本来就是人们的一种行为习惯，要改变习惯需要几代人，这个过程是漫长的。况且周边讲俄语的人很多，商业往来基本上也使用俄语，掌握了俄语、罗马尼亚语的摩尔多瓦人生活上更加便利。

十八、国立大学

　　周末了，江一舟吃完早餐、穿好衣服就出门了。来摩尔多瓦之前，他就了解到摩尔多瓦有一所国立大学，是摩尔多瓦最好的大学之一。摩尔多瓦毕竟曾是苏维埃的加盟共和国，受计划经济的影响，国立大学的办学条件、硬件设施肯定比新建的民办学校完善多了。这种差异没有几代人的努力，很难在短时间内消除。江一舟住的地方离国立大学不远，他知道大概方向，可一直没顾上去看看。

　　周末，路上没有行人，静悄悄的，只有江一舟唰唰的脚步声。他一边走一边打量着四周的建筑物和路牌标志，摩尔多瓦几乎所有门牌标志都是俄语和罗马尼亚语两种文字写的，不过罗马尼亚语的字母和英语是一样的，有时可以试着猜猜单词的意思，有时其意思八九不离十，一猜就对。江一舟沿着 Petru Mavila 一直向上走，走过了三个街区，来到了 A.Mateevici 大街，这条街是这个街区最边上的路，再没有路可穿越了，不能直走，只能向左或向右走了，按照别的老师说过的国立大学的位置判断，应该向左拐。

　　太阳已经老高了，他顺着人行道向前走去。在前面街区的拐角处，有一个塔形的米黄色的建筑引起了江一舟的好奇。这是哪儿？到跟前一看，此建筑共四层，有 30 多米高，椭圆形，第四层边沿向外突出，面积要比下面的三层大，有明门和暗门、明窗和暗窗，就像一座瞭望塔，离地面 50 厘米高的地方有一个小门。原来这也是基希讷乌的景点之一——摩尔多瓦的水塔历史博物馆，非常有意思，摩尔多瓦除了教堂有塔以外，哪儿还有塔呀？江一舟后来才知道，在苏联时期，这个水塔博物馆就是摩尔多瓦国立大学的一座水塔，供应着全校师生的生活用水。江一舟看了看四周，塔后面是黑色的栅栏，从栅栏的痕迹上来看，塔也是在栅栏里面的，不知什么原因现在分开了。栅栏里面的建筑不高，主楼只有四层，旁边的副楼就是一幢两层的小楼房了，从左手看去，副楼楼顶上有一块绿色的牌子，上面写着"USM"三个英文字母，这是什么单位？江一舟想，他突然反应过来，这是摩尔多瓦国立大学——University of State Moldova 的英文缩写。踏破铁鞋无觅处，得来全不费功夫。真有意思，就在国立大学里站着，还在找国立大学。江一舟心里很高兴，久闻大名，现在身临其境，满足感、成就感、自豪感填满了他的大脑，他像找到了老朋友一样仔细打量着。

摩尔多瓦国立大学有三个校区、一个研究院，规模很大，不比国内大学的规模小。江一舟来到的是市区中心校区。校园不大，没有操场，临街坐东南朝西北的一座白色的大楼就是国立大学的行政大楼，没有牌子，没有横幅，就在大楼门口的左边有一块的七八十厘米见方的金属牌子，上面用罗马尼亚语和俄语写着摩尔多瓦国立大学。行政楼左边是教工学生食堂，右边和后面是单独的教学楼，教学楼后面是花园，有草坪、连椅，供学生老师读书。走过草坪就能看到一座古朴的罗马式建筑，虽不宏伟，但也不失庄严，它就是学院教堂，教堂的左右就是两座建筑风格相同、颜色一样的教学楼，一座是摩尔多瓦国立大学的外语学院，另一座是物理学院。摩尔多瓦全国有二十几所大学，国立大学就是老大。

摩尔多瓦实行的也是九年义务教育，幼儿园三年、小学四年、初中五年、高中三年，凡就读于公立学校的学生学费全免。私立教育机构都是要缴费的，不论是幼儿园还是大学。一次课间，一位学生对江一舟说："老师，在苏联时期，摩尔多瓦的教育是很好的，现在不如过去了，特别是高等教育。"这位学生的话使江一舟弄不明白，在一部分摩尔多瓦人天天喊着要加入欧盟、去俄的呼声很高的形势下，这种观点又代表着什么呢？

摩尔多瓦高考和中国高考不一样，没有全国统一的考试时间和考试科目。学校一般都是自主招生，学生也是根据自己的情况选报大学。虽然考试时间和中国的考试时间差不多，也在六月，但每所学校的考试时间都不一样，各校自己决定本校的考试时间。而且考试时间比中国的考试时间长得多，学生要考一两周才能考完。学生考一门功课，隔几天以后再考一门，这样的话至少要考两周。考生考到五分就能上大学了，也就是说五分就是最低录取线。学生可根据自己的考分选择学校，想到国外读书的也不少，他们首选的是罗马尼亚布加勒斯特大学或俄罗斯大学，因为没有语言障碍，也能被轻松地录取。摩尔多瓦学生学习英语比较容易，都是字母语言，不像汉语是方块字。另外，作为东欧小国，摩尔多瓦和欧洲各国有着千丝万缕的联系。一家人有可能爸爸是俄罗斯人，妈妈是摩尔多瓦人，或爸爸是匈牙利人，妈妈是罗马尼亚人。有些年轻人能讲好几种语言，罗马尼亚语和俄语是摩尔多瓦人的生活用语，几乎人人都会讲，除此之外，一些年轻人会讲意大利语、德语、英语等五六种语言，他们讲外语就像中国人讲方言一样。

十九、Megapolis 超市

　　人们都说乒乓球是中国的国球，一点也不假，起码在普及方面，没有国家可以和中国相比。在摩尔多瓦找个打乒乓球的地方就不如中国那么方便了，在中国，哪怕你到偏远的农村学校都能找到一个水泥做的乒乓球台子，在摩尔多瓦别说小学，就是大学也难找到乒乓球台子。江一舟来摩尔多瓦前就打听过摩尔多瓦国际语言学院里有没有打网球或打乒乓球的地方，回答是否定的，这是私立学校，没有操场，没有活动场所。其实摩尔多瓦国际语言学院就是一栋坐落于 Valaicu Parcalab 大街上的拐角大楼，临街一楼的一部分用作其他用途，不是用于教学的。江一舟觉得网球场占地面积大一些，地面要求高，而且四周得有四五米高的拦网，于是他决定带个乒乓球拍子，周末找个打乒乓球的地方不难吧？身为远方孤客，融入不了当地文化，也进入不了当地主流社会，课余饭后周末找个地方锻炼锻炼身体是非常必要的。一个人老宅在家里可不是江一舟的选项。

　　一次偶然的机会，江一舟认识了一位当地教师，他非常愿意带江一舟去打乒乓球。在摩尔多瓦，打一次乒乓球算得上奢侈活动。

　　周六了，江一舟吃完午饭，没收拾厨房，就急急忙忙地带上球拍，按照那位老师讲的来到了公共车站，他要去一个叫 Megapolis Mall 的地方。Megapolis Mall 是一个大超市，是澳大利亚籍华人经营的综合性商业大楼。老板姓郑，祖籍福建，在中国改革开放初期下海经商，淘得了第一桶金，在一次去俄罗斯打工的过程中阴差阳错地到了罗马尼亚，几年后便成为罗马尼亚很有实力的华人，并且将生意拓展到澳大利亚，后来一家人都加入了澳大利亚国籍，但郑老板一直在罗马尼亚经商，能讲一口流利的罗马尼亚语。听说早在 10 多年前，他就从罗马尼亚来到摩尔多瓦，买下了基希讷乌这块地，修建了 Megapolis Mall。一楼左边是大型超市，右边是服装鞋帽商店，二楼是各种体育用品商店、电子游戏厅和咖啡馆，三楼和四楼是快餐馆和体育运动场馆，有乒乓球馆、台球馆、旱冰场，在大楼的左侧有几个露天游泳池。所有的场所设备都是按照欧盟标准建设的，费用一律是按时间收取的。

江一舟决定周六和本地教师去看看。江一舟和当地老师说好，下午一点半在 Megapolis Mall 大门见。江一舟去 Megapolis Mall 很方便，离他住的公寓 100 多米处，就有去 Megapolis Mall 的公共汽车站，而且 Megapolis Mall 是终点。本地教师告诉江一舟："江教授，你坐 5 路公共汽车到终点下车，就是 Megapolis Mall，很方便，千万不要坐 5 路公共电车，5 路公共电车就坐反了。您在学校附近的斯特凡大公大街边上的麦当劳车站上车就行。"

江一舟一点钟就来到了学校附近的麦当劳车站。车站等车的人不少，但毕竟是周末，相对工作日而言还是少一点。车一辆一辆地停下，又开走了，有 22 路、24 路、8 路、2 路，都是车顶竖着根铁杆连着电线的电车，没有一辆是汽车，江一舟本来坐车就少，对车的班次路线一点儿也不熟悉，这下子他心里更没谱了。他仔细看了看行车班次表，还是没看出哪一路是电车，哪一路是汽车。他心里没数了，他只能打听问路了，一位有点老师模样的女士带着可能是中学生的儿子，非常耐心地用英语回答了江一舟的问题："没错，你就在这儿等 5 路汽车。"江一舟心里踏实一点了，说来也巧，他刚问完路，5 路汽车就来了。母子俩脸上带着微笑示意，先生你该上车了。车上人满满的，江一舟在国内已是很长时间没有坐公交车了，人这么多，他不知如何是好。车上的人相互礼让着，大家站的站，坐的坐。还好江一舟来到了里面的窗户跟前，抓住了扶手。不一会儿，售票员过来了，江一舟掏出一张10列伊的票子给了售票员，并用罗马尼亚语说是一个人，售票员找了钱，给了票。车一直往前开着，走了十几站了，车上的人越来越少，最后只剩江一舟和一家三口人了，三口人是爸爸、妈妈和孩子。江一舟问："Do you speak English？"他们摇摇头，显然不讲英语，售票员微微一笑，干脆躲进了驾驶室和司机聊天。江一舟说了几遍Megapolis Mall后，爸爸好像明白了点什么。他用手划着，用肢体语言告诉江一舟，他们一家也去Megapolis Mall。江一舟心里的石头落地了。汽车开始在蛇形山路上爬行，很快就到了山顶，一拐弯，车停下了，是终点站。孩子爸爸妈妈都示意江一舟该下车了，他们也下车了，于是江一舟跟着他们下了车。

三月下旬，春天不紧不慢地走来了，沿途的山坡上树绿了，草绿了，粉红的桃花、白的杏花都开了。Megapolis Mall坐落在山顶上，风呼呼地刮着，吹到脸上冷飕飕的。朝山下望去，山谷里是一片红瓦白墙的别墅区，再往前看，对面又是一片山丘，远远望去，绿山镶嵌在蓝天白云深处，令人心旷神怡，美不胜收啊！江一舟转身朝右边看去，一座高大的建筑格外醒目，建筑物的外墙全是玻璃装饰的，在蓝天的映照下，犹如一座蓝色的宫殿。宫殿的大门是一座向外延伸的红色大三角，红色的门框、红色的柱子显得朝气蓬勃。门的顶部是外延的蓝色玻璃的金字塔，塔下也就是三角门檐上就是红色的"Megapolis Mall"标志，和红色的门框相呼应，蓝色配红色很别致。再往里面走，进了旋转门，一楼中央是电梯，左边是超市，其规模和基希讷乌市中心最大的超市No.1差不多，右边是大型的服装鞋帽商店，坐电梯上二楼，有酒吧、咖啡厅、体育用品商店。从三楼往上就是活动室，左边是保龄球馆，右边是旱冰场，四楼左边是乒乓球馆，右边是台球馆。这么大的活动室在基希讷乌可能是独一无二的。我们先说乒乓球馆，馆内摆放着20多台国际标准的红双喜乒乓球台子，地面是运动专用木地板铺砌的，每个台子都是用隔板隔开的，紫色的窗帘挡住了外面斜射的光线，天花板上的日光灯柔和地照射在球台上。在摩尔多瓦能找到这样的乒乓球场馆真是太好了。

　　下午两点多了，打球的人越来越多，男女老少占满了十几个案子，个个背心、运动短裤、耐克鞋、横握球拍，打得热火朝天。乒乓球馆的缴费标准是一个球台一小时五十列伊，提供球和拍子。这是摩尔多瓦国家乒乓球比赛的场所之一。除了四楼体育运动场馆有一些人外，偌大的建筑物顾客寥寥无几。时间还早，江一舟到三楼、二楼的几家商店看了看，有服装店、鞋帽店、文具店、体育用品店。商品应有尽有，可商店里除了店主，没有一位顾客，冷冷清清，这店面如何维持？江一舟不知不觉地来到了一楼，这时才反应过来，和他约好的老师还没来。

　　他又下楼来到了车站，一看约好的老师还没来，他拨了好几次电话，都没拨通，电话里每次都说一长串句子，江一舟连一句也听不懂，外语把一个外语老师折磨得没一点脾气了。怎么办？走错地方了？不可能。江一舟心里想，时间已经过了，约好的老师怎么还没来？打电话又打不通，怎么办？他只好硬着头皮去问人，刚好有一位有点书生气的男士在车站等车，此人个不高，穿着呢子大衣，戴着围巾，鼻梁上挂着一副眼镜，一看就很有文化。"Hello, sir. Do you speak English?" "Yes, a little." 太好了，江一舟请这位有文化的青年听一下他的手机上说的是什么。青年人告诉他，他拨打这个号时，前面要加零。江一舟马上加零，一拨出就通了，原来约好的老师没坐上上一班车，只能晚一点到。

二十、白石城

昨天打乒乓球有点累，周六江一舟睡到自然醒，睡了个好觉。起来后拉开窗帘，太阳已升到了屋顶，朝楼下看去，青青的杨柳在微风中摇曳，好像低头弯腰叫人们到户外活动。江一舟决定出去走走。

江一舟沿着斯特凡大公大街走到东头，向南拐到了通往机场的大路上，一拐过来，一座金碧辉煌的大教堂矗立在马路的对面，罗马式的建筑，金色的圆顶，白色的墙柱，蓝色的墙面，白色的窗户，一看颜色便知是希腊东正教教堂。教堂前面的广场上停了不少车，男男女女的教徒在教堂门口虔诚地在自己的胸前划着十字，教堂里有人出出进进，星期天可能有什么宗教活动。江一舟走过了教堂，向前望去，一座红墙蓝玻璃的建筑格外醒目，楼顶上立着红色的大字"MALLDOVA"。

MALLDOVA 是基希讷乌最大的购物中心之一。江一舟刚到时，志愿者就告诉他 MALLDOVA 商场里面东西很多，而且很多是名牌，名牌香水、名牌手表、名牌服装，人们选购品牌商品都去 MALLDOVA。向两边望去是山谷，山谷里冬眠的树木还在沉睡，只有柳树泛出青青的绿色，谷底的小草拼命地装扮春色。此时江一舟发现自己来到了山谷大桥之上，此桥足有 200 多米长，桥面四车道，中间有隔离带，两边有近两米宽的人行道。路上还残留着星星点点没有融化的冰碴，桥上没有任何遮挡物，桥上桥下就像一个风洞，吹得过桥的人纷纷翻起了衣领，抵挡逼人的冷风。江一舟觉得桥上风大太冷，便离开了大桥，绕道返回了公寓。

天蓝云白草叶青，

红日紫光照金顶。

冷风吹绿倒杨柳，

冰融水溅土山坡。

夜问犬子何时归，

月圆之后到秦州。

　　基希讷乌市位于德涅斯特河支流贝克河河畔，面积为 200 多平方千米，是全国的政治、经济、科学和文化中心，现有城市人口 80 多万。常住人口远远少于 80 万，并且以老年人为主，年轻人都到欧洲其他国家打工挣

钱去了，只有逢年过节才回来。从高空鸟瞰，基希讷乌市好似一朵盛开的石头花，城市建筑构成了石头花的 5 个花瓣。基希讷乌市区内的大多数建筑是用纯白色的花岗岩石料建成的，基希讷乌因此获得了"白色的城市，石雕的花"的美誉。有山丘就有山谷，有山谷就有水，有水就有湖。基希讷乌地下水很丰富，每个生活小区几乎都有自己的天然湖，是社区人们休闲的好去处。

基希讷乌可能有几百座教堂，主要以东正教教堂为主，其建筑风格为哥特式和罗马式：圆顶，尖塔，半圆形的拱门，棱状的穹窿和复杂的装饰。颜色有金色、银色、蓝色、绿色、白色等，教堂的顶部和塔尖一般都是金色的。远远就能看到金光四射的建筑，肯定就是教堂。丘陵地貌的摩尔多瓦，只要是有人居住的地方，不管是乡村还是社区，都有一座有特色的教堂，你从山丘上面向下望去或是从山脚下向上望去，第一眼看到的肯定是教堂。对无神论者来说不可思议，可信教的摩尔多瓦人认为一座教堂就能维系一方的平安，凝聚一方的人心，任何人都不能逾越道德的红线，否则就会受到人们的鄙视和神灵的惩罚。

二十一、磨坊谷公园

下课后，江一舟有点累，他不紧不慢地走在回公寓的路上，在路边看见一位传教士布道，觉得很有意思，刚想停下脚步来听几句时，电话铃响了。

"江教授，明天下午我们去打羽毛球，您有时间吗？"电话里传来了安丽娜的声音。

"安丽娜，你好，明天下午，好啊，在什么地方？你告诉我时间和地点就行。"

"是这样江教授，我们和我的搭档一块儿去，等我们说好以后，我再告诉您，好吗？"

"好，那我等你消息。"

已经四月份了，昼长夜短越来越明显，早晨六点太阳就爬上了山顶，晚上八点多太阳还不愿意离去。安丽娜约江一舟周五下午去打羽毛球，约好下午三点在国立大学后面的湖边见面。刚好星期五下午他没有课，江一舟穿上了运动服，两点就出了门。他早就听老师们说，从国立大学门口穿过马路到对面就能走到一个很大的湖区了。江一舟直奔摩尔多瓦国立大学而去，很快来到了国立大学，国立大学校门口有斑马线，江一舟等绿灯亮了，快步过了马路，来到了马路对面的人行道上。再往里面走上一个台阶就来到了像是庭院的开阔地，左右两边各有一座像希腊神庙一样的建筑，临街由 3 根白色的圆柱构成一个直角，向里由 6 根白色圆柱一字型排开构成 6 面墙，墙上是各种体育运动的壁画。院子中央有一座古铜色的雕塑，雕刻的是一对青年男女，英姿飒爽，器宇不凡。雕塑的底座上写着："苳伊娜和伊万，一颗心。"苳伊娜和伊万是20世纪末摩尔多瓦的艺术家，由于车祸双双英年早逝，为了纪念他们，摩尔多瓦人在此处立了雕像。

穿过院子，下六七级台阶就来到了后院，后院的右边就是通往湖区的花岗岩台阶，一共有16段，由花岗岩大石条砌成，每段有13级左右，一共有200多级台阶。有些地方有些塌陷，看来年久失修了。台阶两旁树木参天，绿影遮挡了江一舟的视线。他不知道来到了什么地方，他看到人们上上下下，于是他顺着台阶下去，来到后院。沿着右边台阶一直往下走，走了近200级台阶来到山下，就在山脚处，有一个不大的广场，广场中间有一座花坛，花坛中间矗立着一把黑色的大理石剑，底座上刻有"永远纪念那些为人民利益而牺牲的警察们"。再往左走下台阶，眼前豁然开朗，江一舟一看，这是来到了谷底，左边是一条小溪，小桥流水，树下绿茵顺沟谷蔓延，小黄花四处点缀在山坡上。右边绿色的栅栏边芦苇随风摆动，透过芦苇看去，泛着银光的湖水望不到边。此谷叫磨坊谷，此湖叫磨坊谷湖，此处叫磨坊谷公园，是基希讷乌在基础建设、设施管理方面比较好的公园之一。湖的左面山坡上是原始森林，里面有供人们锻炼的跑道，跑道旁边有供人们休息的椅子，山脚下、湖边上、树荫下、椅子上，人们三三两两在休息。有人推着童车和孩子们在享受大自然，栅栏边有几位垂钓爱好者静静地等鱼上钩，湖面上有两三位体育爱好者划着独木舟。湖的右边有沙滩，有沙滩排球场。再远处的山丘上楼房林立，那是另外一个区了。

已经5点了，安丽娜还没到，江一舟只好坐在湖边的椅子上等。江一舟看着人们来来往往，有跑步的，有骑赛车的。远处一个女孩手里拿着羽毛球拍朝着江一舟跑了过来。

"江教授，不好意思，我迟到了。"

"没事，没事，我也刚到。"江一舟看着跑得气喘吁吁的安丽娜忙说道。

"江教授，走吧，我们去找我的搭档宋参赞。"

"好吧。"

江一舟跟着安丽娜沿着湖边一直往里走，大概走了十几分钟，他们来到了比较开阔的山坡上。

"安丽娜，这是什么地方？"

"这是基希讷乌的羽毛球场，我的搭档让我来这儿。"

江一舟顺着山坡看去，前面的树林中有一块平地，看来也是年久失修，地面上的沥青裂开了一道又一道的缝子。大概有六七个场地，可能是周五下午的原因吧，每个场地都有人打，单打、双打、男女混合打，接球、扣球、跳起来击球，基希讷乌的羽毛球爱好者打得热火朝天，好一派运动健儿搏杀的景象。

二十二、摩尔多瓦的宗教

摩尔多瓦大多数居民都信仰宗教，尽管在苏联时期，国家不倡导居民信教，许多教堂被关闭。但摩尔多瓦独立以后，宗教活动再度活跃起来，许多农村的教堂重新启用。摩尔多瓦的宗教有希腊东正教、天主教、基督教、印度教、伊斯兰教等。但由于国家经济长期以来发展缓慢，随着市场的开放，一部分人富了起来，但广大生活在乡村靠农业生活的群体生活还很贫困。许多教徒进教堂连买香火的钱都没有，去做礼拜的人也不多。可在市区，到周末时，每个教堂都有很多信教的人参加宗教活动。

摩尔多瓦绝大多数居民信奉希腊东正教。早在摩尔多瓦斯特凡大公国时期，希腊东正教的影响就已深入人心。当时摩尔多瓦的希腊东正教教会隶属于康斯坦丁堡（拜占庭）大牧首管辖的教区。最初摩尔多瓦希腊东正教界的神职人员均由相邻的斯拉夫国家派出。后来，摩尔多瓦公国的统治阶层为巩固自己对宗教事务的统治权，不顾希腊东正教大牧首的反对，1387 年由彼得·穆沙特大公自立摩尔多瓦公国希腊东正教主教，这导致了摩尔多瓦教会与拜占庭教会之间的尖锐冲突。

21 世纪初，摩尔多瓦希腊东正教的领袖是弗拉迪卡·弗拉吉米尔。希腊东正教组织主要有俄罗斯希腊东正教教堂摩尔多瓦辖区、俄罗斯希腊东正教教堂莫罗勘教派、亚美尼亚－格里商里教堂。近年来基督教在摩尔多瓦发展迅速，基督教教堂的数量越来越多，特别是年轻人更愿意去基督教教堂。

摩尔多瓦最重要的节日之一就是一年一度的复活节，对大多数摩尔多瓦人来说，只有复活节和圣诞节才是他们的节日。除了宗教意义以外，复活节在 4 月份，已经春暖花开，是一年中庆祝节日的最佳时期。

为了迎接节日的到来，基希讷乌的市民在主要街道上忙着张灯结彩，装饰灯挂满了凯旋门、大教堂前面和中央政府之间大街的上空，教堂忙着粉刷墙壁，装饰凯旋门、教堂塔和教堂屋顶。街道两旁的商店也都把破旧的墙壁粉刷一新，街区的路沿和花园边沿都刷上了白漆，所有的花园都修整一番，就连公园的连椅也一一修理，换掉了断了的木头，刷上了绿漆，整个城市焕然一新。

摩尔多瓦在复活节期间全国放假一周，在周末也就是复活节的前夕，人们开始购物，超市里排起了长队，按照有些人的说法，在复活节前四十天人们要封四旬斋，即四十天不吃肉，不吃鸡蛋。看来人们要开斋了，在副食商店门口排起了长龙。江一舟的好奇心不仅仅在于这些表面上的变化，他更想知道在节日期间人们有哪些庆祝活动。复活节前夕，教堂都要举行宗教仪式，教堂内外灯火辉煌，人山人海，虔诚做祷告的，忙着做宗教仪式的，当然看热闹的人也不少。

"桑亚娜，复活节期间你们都参加些什么活动？"江一舟在下课后问一位学习商务汉语的学生。

"江教授，是这样的，我们最主要的是全家团圆。"这样的回答让江一舟感到意外，这不和中国的春节一样吗？江一舟心里想。

"复活节，我们要吃团圆饭，在吃饭前坐在上席的长辈要和坐在下面的晚辈碰鸡蛋，在碰鸡蛋时要说'耶稣复活了'，如果谁的鸡蛋破了谁就吃了，鸡蛋没有破的人就把鸡蛋保存起来，因为鸡蛋会给他带来好运气。"江一舟边下楼梯边听桑亚娜讲复活节的故事。

"很有意思，桑亚娜，你回去把它整理一下，明天在课堂上讲。"

"好，我再查些资料，谢谢老师。"

"再见。"江一舟认为，让学生讲自己感兴趣的事，是鼓励学生学习外语的好方法之一。

复活节放假七天，是个长假，江一舟盘算着如何度过这个长假。上一周孔院开教师会议时，孔院院长就告诉大家复活节要放假，希望大家合理安排，有可能的话多欣赏摩尔多瓦的美景，多了解摩尔多瓦的风俗文化，度过一个充实有意义的假期。江一舟的绿卡还没有拿到，最快拿到也要在节后了。这就意味着他只能在摩尔多瓦境内活动，不能出摩尔多瓦国门，否则不能入境。这也好啊，刚好可利用这个时间在摩尔多瓦境内走走。

基希讷乌交通还是很方便的，有几十路公共电车通往城市的每一个角落，车票很便宜，不论你坐几站，一律两列伊（人民币七八毛钱），既环保又节能，还有通往村镇的几十路公共汽车作为补充，票价三列伊（人民币一元左右），以及通往南北各大城市的长途大巴和中巴，这些中巴穿行于市区，在市区每条街道上都有站点，人们出行不是问题。虽然有些公交车看起来很旧，但服务是很文明礼貌的，人们相互礼让、让座习以为常，乘客看到有年长的或行动不便的上车，会在第一时间站起来让座，就像汽车给行人让道一样。在没有红绿灯的马路上，汽车一看到有行人要过马路，会马上停下来，等行人过马路。当有人说起此事时，江一舟常常为难尴尬。

"江教授，在中国开车的人很凶，从来不给行人让路，对吧？"

"啊，你是听谁说的？"

"老师，是这样的，我有几位同学，他们到中国留过学，我是听他们说的。"

"噢，是这样，在中国过马路要看红绿灯，如果没红绿灯的情况下，车比人快就先行，人得等等车。不过中国的交通法规是礼让行人，车要让人先行，车先行的局面正在发生着变化，礼让行人在中国很多城市已经很普遍了。过去有些地方存在人让车的现象，不过已经改变了。"

江一舟的回答很勉强，但事实也是如此，他相信随着中国交通法的普及，越来越多的人会自觉遵守交通法规，礼让行人。

江一舟有时候很纳闷，为什么有些学生偏偏喜欢问这样的问题？

二十三、"五一"长假

五一复活节复节，

长假留守伴孤影。

假日望乡云流水，

缕缕清风万里平。

身闲散步世外园，

巷空街静鸟无声。

碧水绿草花绽放，

来年难约共此时。

要放长假了，江一舟在考虑如何在春暖花开之际在摩尔多瓦旅游。坐交通车很方便，但一天只能去一个地方，另外语言是个大问题，司机和售票员不是讲俄语就是讲罗马尼亚语。江一舟读得最不好的是地名，要坐车出去是有很多不方便，他已不是二十多年前单身闯澳洲时候的他了。他突然萌发出了租车的想法。

要租车首先得有驾照，中国驾照在摩尔多瓦有用吗？江一舟到摩尔多瓦后听到了不同的回答和解释，有的说中国驾照初到摩尔多瓦前三个月可以使用，有的说不行，抓住罚款很厉害。又有人说，只要在摩尔多瓦公证处做个公证就可以。他租车的想法随着不同的答案犹豫不决，被罚款倒不是江一舟担心的，他主要考虑作为一名中国老教师在摩尔多瓦无照驾驶，违反摩尔多瓦交通规则，这传出去影响不好。他必须确认中国驾照在摩尔多瓦驾车是否合法，否则租车是一句空话。

经过多方询问，终于有了肯定的回答，中国驾照在到摩尔多瓦的前三个月使用是合法的。其依据是曾有两名中国志愿者使用中国驾照成功租车，出去旅游。就这样驾照问题算是解决了，可江一舟的心里还是没底。

在摩尔多瓦中国人不多，最多的就是孔子学院的志愿者和老师，有十几个人，华为公司在摩尔多瓦有五六个人，还有几位华侨商人和中国驻摩尔多瓦使馆工作人员，加起来就四五十个人，这在全球所有的国家里可能是最少的。有位孔院教师的老公是摩尔多瓦华为公司的技术人员，他们来摩尔多瓦两年多了。为了工作方便，他在基希讷乌买了车，他们就是在摩尔多瓦有私家车的中国员工了。

复活节他们准备去西班牙玩，这不就有现成的车了吗？江一舟突然改变了租车的主意。

"李老师，听说你们去西班牙旅游，是吗？"

"是，江教授，我们和王工程师家两家人去。"

"那好呀，签证办好了吗？"

"签证上周就办好了，在西班牙的宾馆也在网上订好了。"

"那就可以放心地玩了。"

"是啊，哎，江教授，你们有什么安排？"

"李老师，我们还没绿卡，哪儿都不能去，只能在摩尔多瓦国内待着。"

"你们刚来，在基希讷乌周围走走也很好的，现在向基希讷乌的南边走，很漂亮，虽然树还没有发芽，但举世闻名的摩尔多瓦葡萄园还是值得一看的。"

"你这么一说，我真想去基希讷乌的南边走走，可我罗马尼亚语和俄语都不行，坐长途车不方便，我想租辆车，自驾游方便，能多跑些地方，多看些风景。"

"江教授，你这想法不错，租什么车，开我们的车去，我们出去旅游了，车闲放着，你干吗租车呀。"

李老师的话使江一舟非常感动，身在异国他乡，同胞是如此的信任和支持，他一时不知说什么好。

"那就算我租你们的车，李老师。"江一舟说的是真心话，但他太直白了，同事们会觉得很陌生，不过也只能这样了。

基希讷乌连着下雨，近一周阴雨绵绵，有时雨夹雪，分不清是冬天还是春天。春天的脚步是停不下来的，枯枝上的芽苞在长大，果树上的花苞在雪中绽放。江一舟的心情犹如变化的天气，一直犹豫不决，下不了决心，但他只能根据天气而定。说来也怪，就在复活节的前一天雨停了，大片的乌云向东飘去，慢慢地变成了白云蓝天。摩尔多瓦的天气预报是多云转晴。哈哈，这是天意啊！

冬归春至花雪恋，
枯枝绿芽竞相伴。
故里花落飞满天，
艳阳踏青几度欢。
眺望鸦巢为异客，
春风何日度摩山。

二十四、摩尔多瓦一日游

已是早上七点多了，江一舟才起来。他磨磨蹭蹭洗漱、泡茶、吃早点，到八点半才起身离开了他的住处，Petru. Movila 23/8 公寓。

李老师的车挂的是涉外牌照，江一舟更加小心，他小心翼翼地把车开出了公寓大门，向右拐过了一个街区，再向右就直接上了基希讷乌的主要街道之一——Bucuresti 大街，一路向南而去。

四月中旬了，基希讷乌还时而飘一两朵雪花，大风过后满地朽木枯枝，然而春的脚步一刻不停地向摩尔多瓦走来。果树应时开花，不惧冰雪的白色山梨花开遍了山谷、丘陵，尤其是湖水边上，背阳的一边白雪皑皑，一片银装素裹的世界，而向阳的山坡上翠绿的杨柳被雪水冲洗得一尘不染。粉红的桃花、杏花开在田野里，开在庭院里，处处美不胜收。举目眺望，山丘上麦田、蓝天、白云构成了三色世界。而摩尔多瓦最有名的葡萄园仍然沉寂在冬眠之中，但每一个芽点都集聚了能量，就像百米冲刺的运动员各就各位，就等发令员的枪响，一排排、一行行承载着果农们的希望的葡萄树延伸到了天边。一出城，江一舟就陶醉在了基希讷乌市郊的美景之中。

摩尔多瓦人口本来就不多，又是假期，路上的车辆不多，江一舟要去的第一座城市是亨切什蒂，他按照地图和导航走，越走越偏，于是江一舟把车开进了加油站。幸运的是加油站的一位小伙子会讲英语，用英语交流之后，小伙子给车加满了油，并且告诉江一舟，把车从加油站的后面开出去，向左拐，就是去亨切什蒂的公路了。看来这导航靠不住。就这样，江一舟疾驰在通往亨切什蒂的公路上。走了不到一小时，不知翻越了多少山

夕阳还在山那边

094

丘，来到了一个小盆地。小盆地四面环山，景色这边独好，山上黑色的土地肥沃得诱人，不知什么原因，耕种的人不多，可能还不到耕种的时候。另外，摩尔多瓦的很多年轻人都到欧洲其他国家打工去了，农村缺乏劳动力，以致大片土地撂荒。而山下，橙色的墙、褐色的瓦的哥特式建筑格外吸引人们的眼球，尖尖的屋顶旁矗立着高高的烟囱，这对中国人来讲是很别致的建筑。江一舟把车停到了路边，朝里一看，这不是一家正在建的农家乐吗？院墙是由褐色的木板围起来的，大门也是褐色的，木柱搭得很高，就像中国的山寨门一样，院内小桥流水，凉亭花园，杨柳嫩芽吐绿，随风摇曳，婀娜多姿。右边是一个面积有一千多平方米的天然湖，荡漾的湖水在碧蓝湖面上泛起层层银波，空气里透着丝丝凉意，枯黄的芦苇在湖边静静地站着，就像忠诚的卫士，守卫着这一片湖水。这儿可是个风水宝地，在这儿办农家乐，肯定能发财。

远远地看去，湖的对面好像有人钓鱼。都过复活节了，这些人还有闲情逸致钓鱼，这就不合适了吧。哎，走吧，走自己的路，说别人不好。想喝点、吃点，农家乐还没营业，即使营业，现在是假期也不对外开放，只能看看，再照两张相。

离开了农家乐，江一舟走了不到40分钟就到了第一站，亨切什蒂。从地图上看，亨切什蒂位于基希讷乌西南方不远的地方。摩尔多瓦全国人口400万左右，全国近一半的人口居住在基希讷乌、贝尔茨等几个大城市里。

在国内人们常开玩笑说，游客们上车睡觉，下车看庙。在欧洲上车睡觉，下车看教堂，有什么不同吗？殊途同归，欧洲的景点百分之八十是教堂，其风格宏伟独特，历史悠久，来了必须去看看。江一舟进了亨切什蒂就把车停在了教堂旁边的停车场。街上空荡荡的，不知是太早还是放假，反正没人，这对在人堆里挤惯了的中国人来说有点不习惯。江一舟渴望宁静的田园生活，可在摩尔多瓦宁静得有点寂寞。初升的阳光洒在了宁静得大街上。只有江一舟沙沙的脚步声，朝着一幢最宏伟的建筑走过去。四层乳白色的大楼挡住了江一舟，此楼没有明显的建筑特征，就是长方形楼房，楼中央大门的四根浮雕柱子和高大的门檐门扇就显示出欧式建筑的风格，门檐上面摩尔多瓦的国徽和迎风飘扬的国旗令人肃然起敬，原来是亨切什蒂城的议会大楼。江一舟转身向前望去，城市没有豪华的建筑，没有大理石铺砌的人行道，人行道还有点破烂，有的地方就铺了白色的石子，可宁静里透着朴实。

此时，一辆白色的越野车在不远处停了下来，车上下来了几个男男女女，好像是一家人，来探亲访友的，他们下车后，拎上东西向北边的大街走了。江一舟回到车旁边时，大楼的侧门开了，走出一位金发碧眼、身高一米九以上的小伙，用罗马尼亚语说了句"早上好"。"早上好。"江一舟用罗马尼亚语回道，这是江一舟会说的几句罗马尼亚语之一。"Do you speak English？"江一舟非常礼貌地问道。只见那小伙一头雾水，摇摇头，一耸肩，面部表情很无奈。江一舟想知道想了解的很多，经常就在这种尴尬中放弃了。除了放弃，还能有别的选择吗？

宁静使江一舟心里空荡荡的，他专心驾车奔向下一个目的地，坎泰米尔。坎泰米尔位于摩尔多瓦的西南边陲，有一条铁路沿着罗马尼亚和摩尔多瓦的国界线由北向南蜿蜒而行。江一舟心里想："这得小心驾驶，看清路标，否则就出境了，不过只要不跨过铁路，一直行驶在铁路的左边，就没问题，就还在摩尔多瓦境内。"

坎泰米尔坐西向东，是一座不大的城市。江一舟把车停到了市中心的公共车站旁边。城市依然很安静，车站上有3个人在等车。从车站正面望去有一个大广场，广场后面是一幢6层高的白色大楼，在阳光的照耀下银光闪闪，有些刺眼。江一舟戴上了太阳镜，穿过了马路，来到了广场，走近大楼一看，原来是一所大学。摩尔多瓦国旗飘扬在广场中央高高耸立的旗杆上，四周花坛以高大的柏树为中心，棵棵柏树挺拔翠绿。广场对面的东北方向便是商业区了，尽管是假期，但有些商店还是在营业，不时地有人出入。

江一舟觉得有点不可思议，刚出基希讷乌时，还零零散散地飘着雪花，一路上还一直埋怨有点冷的春天，可到了坎泰米尔一下子艳阳高照，温度一下子上升到了 20 摄氏度以上，在太阳下穿衬衣都很热了。江一舟又来到商业区，这儿的大商店基希讷乌都有，是连锁还是分店就不得而知了。在市中心的花园里有几位年轻的妈妈领着小宝宝晒太阳，连椅上有几位老人懒散地坐着，享受着灿烂阳光。

已经是下午 3 点了，江一舟不知道前面有多少路要走，天黑以前必须赶回去，现在 U 形的路程他只走完了左边，还有转弯和右边的一半路要走，他不敢耽搁太多时间。

他有点口渴，就买了一瓶雪碧，边喝边上车，继续朝南走去。下一站应该是摩尔多瓦最西边的城市卡胡尔了。江一舟看着地图，直奔卡胡尔。车一直行驶在铁路旁边的公路上，向右望去，在铁路右侧不远的地方有绵延不断的铁丝网，那可能就是罗马尼亚和摩尔多瓦的边界线了吧，广袤的黑色土地在地平线上起伏延伸，车在起伏的公路上向前奔驰着，江一舟的思想也和公路一样起伏。"在中国的西部有这样的土地，什么庄稼都长不出来。生活在黄土高原上的西北人，面朝黄土背朝天，在寸草不生的盐碱地上创造着一个又一个农业丰收的奇迹，一代又一代繁衍生息，顽强地生存下来，本身就是一个奇迹啊。"江一舟有点累了，他把车停在了路边的一棵树下。这里应该是山丘的最高处了，举目向远处望去，天地一线，在湛蓝的天空的映衬下，绿地一望无际。此时人们不心旷神怡都不行了，只能感叹摩尔多瓦空气真干净。

卡胡尔在摩尔多瓦是一个比较大的城市，尤其是从人口方面来说。市区以欧式建筑为主，三四层高的斜顶楼房，每户带一个小阳台。不过也散落着一些苏联时期的建筑，这种建筑在国内到处都是，千篇一律的长方形楼房。

虽然放假，但已经是下午时间了，从欧洲各地赶回来过节的人们兴高采烈地三三两两在户外聊天，或走亲访友，小孩们更是欢天喜地，一起吃冰激凌，一起玩耍。宏伟的金顶教堂门开着，有人进出，好像在筹备宗教仪式。从城市建筑来看卡胡尔没有什么特色，可能就是人口相对而言要比其他城市多一点。

乌卡涅什蒂是摩尔多瓦最南边的大城市，江一舟走了不到四十分钟就到了，他已经从 U 形路的左边到了右边，已到了摩尔多瓦的东南边了。乌卡涅什蒂是一个非常分散的城市，江一舟来到了一个三角地，他已经没有进城看看的欲望了，他把车停在路边上，下了车。向左望去是一条笔直的林荫大道，两边杨树参天，望不到边，到处是树木花草，用各种颜色点缀着宁静的小城。正前方看起来好像是一个长途车站。大小客车依次排列着，不时地有车开走。江一舟走到了车站，每一辆车上都有去往目的地的标牌，都是两种文字，罗马尼亚语和俄语。三角地的街心花园有一座纪念第二次世界大战的雕塑，好像在告诉人们二战期间在此发生过激烈的战斗。一面红旗迎风飘扬，高高的旗杆竖立在如波浪般起伏的雕塑底座上，底座上面还有一门大炮，几名士兵在装弹，一名士兵挥着旗子，仿佛在呼喊"开炮"。

右边是另一条公路。此时江一舟不敢走了，他正处于三岔路口，除了来的一条路，还有两条，不知该走哪一条路，没办法，他只能问路了。

"Do you speak English？"

"Nu."罗马尼亚语的"不"发音和英语差不多，只不过字母不是 no 而是 nu。

"Chisinau."江一舟反复地说着基希讷乌，手不停地指着三条路，对方马上明白了，指着他们右手边的路说"Chisinau"，又指着他们的车说"Chisinau"。江一舟明白了，他们的车去基希讷乌。江一舟用罗马尼亚语说了声"谢谢"，这是他会说的几句罗马尼亚语中最熟的一句。

太阳已向西斜了很多，光照在车窗上依然很强烈，江一舟沿着朝东北方向的公路蜿蜒而行，此时他已行驶在摩尔多瓦东边的边界线上了，公路在山丘沟谷中起伏延伸，一会儿四五十度的下坡，一会儿五六十度的上坡，有点过山车的感觉，很刺激。行车不到40分钟，来到了一个丁字路口，此时的导航不怎么起作用了。江一舟没有拐弯，朝前直开过去。此时他发现前面有一座像厂房一样的建筑物，他心里想："我怎么开到工厂来了？"到跟前一看是边检站，有海关人员把守。江一舟只好掉头返回到丁字路口，朝右一看，一座醒目的雕塑就矗立在公路旁边，高约3米，长约5米，宽有0.5米的一面石墙，顶部是锤子镰刀的雕塑，墙面有列宁、斯大林的浮雕，有的地方已经脱落，看来很长时间没有维护了。江一舟带着一个又一个疑问，猛一打方向，向北边的方向飞驰而去。

江一舟走过的摩尔多瓦南部城市，都是从城边上走绕城公路。江一舟开了不到半小时，直接来到了城市中心，他的车停到了红灯前。他四下一看，到了摩尔多瓦东南部的城市恰德尔伦加，他把车靠边上停了下来。一下车，面前金光闪闪，一座希腊东正教的教堂就在路边，格外显眼，大小金色圆顶在蓝色屋檐、白色墙壁的衬托下组成了错落有致、庄严宏伟的建筑群，屋顶在夕阳的照射下金光灿灿，美不胜收。太阳、蓝天、白云，多么美好的景象啊。街上熙熙攘攘，一对警察，看上去都是刚参加工作、大约二十岁出头的小伙，训练完了，拖着疲惫的身子正准备回警局。江一舟不敢多停留，已经五点多了，前面的路不熟，还是笨鸟先飞吧。不到七点，江一舟回到了基希讷乌，完成了摩尔多瓦南行的计划，有点累，休息吧。

二十五、清明节

清明时节雨纷纷，基希讷乌天天小雨，下得全城人欲断魂。清明节是中国传统节日，源自春秋时期的传说。春秋时期，晋国公子重耳为了逃避迫害而流亡国外，在流亡途中，他们逃到了深山老林，没吃没喝，在最艰难的时刻，随臣介子推割下自己大腿上的肉，为重耳熬汤。十九年后重耳做了国君，也就是中国历史上的晋文公，即位后重耳重赏了当年伴随他流亡的功臣，可唯独忘了介子推。介子推鄙视争功讨赏的人，于是他就收拾好行装，同老母悄悄地到绵山隐居了。晋文公听说后惭愧不已，亲自带人到山里找介子推。可茫茫大山到何处找啊，此时有人建议放火烧山，说介子推肯定会出来的。可山火灭了之后，人们在一棵大柳树下发现了介子推母子的尸体，在树洞里发现了一块撕下的衣襟，衣襟上写道："割肉奉君尽丹心，但愿主公常清明。"为了纪念介子推，晋文公下令将这一天定为"寒食节"。第二年晋文公率众登山祭奠时，发现柳树死而复活，便给老柳树赐名为"清明柳"，并晓谕天下，把寒食节的后一天定为"清明节"。

江一舟慢慢地给学生讲中国的清明节，他先把同学们不熟悉的字词写在白板上，一一认读，再简单地说了说中国古代历史，配上自己制作的PPT慢慢地给学生讲，当然学生老师的互动是重要的课堂步骤。讲起来很费劲，但学生们听得很仔细，当学生们露出为介子推和老母的死感到惋惜的表情时，江一舟明白学生们听懂了。他设计的课堂目标是"学生了解中国的清明节的故事"，让语言班的学生来学习了解中国文化是要有个过程的。不管怎么说，从这一节课的课堂效果来看，欧洲学生们对中国文化充满了好奇和兴趣。

"老师，我们摩尔多瓦也有清明节。"一位学生饶有兴趣地用夹杂着英语的汉语说。江一舟在讲课之前就听说了摩尔多瓦人也过清明节，为了加深文化交流，激发学生们学习的兴趣，他才选择了先讲中国的清明节，就是为了让学生动脑联系自己熟悉的事，然后努力用汉语讲出来。

"是吗？那你们想想摩尔多瓦的清明节的来历，清明节大家都要做什么，然后说来大家听听。"

"老师，来历我们不知道，说说做什么可以吗？"

"当然可以，要不这样吧，我们来个头脑风暴，每人一句，但一定讲汉语，如果个别词不会可以用英语解释一下，好吗？"

摩尔多瓦的清明节是在四月份的第三个周末，对摩尔多瓦人来说清明节是一个非常重要的节日，几乎和复活节一样重要，法定假日一周。人们先回家团聚，走亲访友，再筹划去扫墓。

和中国的清明节一样，摩尔多瓦清明节最重要的活动就是扫墓，人们再忙或事再重要都得放下，必须在清明节前后去一趟自己祖先的墓地，年龄大的老人即使行动不便，也要坐轮椅来到自己亲人的墓茔旁，扫扫墓地、修整修整墓茔，摆上鲜花和蜡烛，以此来告诉自己和人们"人是从何处来，将向何处去"。

四月下旬了，天气渐渐地热起来了，此时人们可以看到公共墓地旁边停放了不少的汽车，人们来来往往穿梭在墓地里。摩尔多瓦人清明节扫墓要把整个家族的人召集到一起，一起来扫墓。政府为了人们扫墓方便，清明节期间开通从市区到公墓的公交大巴。坐车的人从早到晚，络绎不绝，人们在市区和公墓的乘车点排着长长的队，大多数是老人。高峰期，大巴一辆接一辆地开往墓地。在清明节前人们都要抽时间把自家的墓地打扫干净，在清明节期间人太多不便打扫。到墓地后，人们再简单地整理清扫一下，然后在故人的墓碑前摆放花圈，献上鲜花，一般为黄色和白色的花。

然后在山上转转，有的家庭备好食物在墓前用餐，用餐时长辈讲逝世亲人们的往事，用各种方式寄托着对故去亲人的哀思。有的晚上回到家里，全家人共进晚餐，共叙逝世亲人的过去，感恩先人对家庭、对国家的贡献。

> 夜半听雨滴春梦，
>
> 桃花拂面柳鞠躬。
>
> 他乡清明鸭戏水，
>
> 故乡寒食草木青。
>
> 踏青扫墓异乡路，
>
> 墓地鲜花又一新。
>
> 信步林间刀断水，
>
> 寸草难以报春晖。

摩尔多瓦大多数人都信仰东正教，到处都有东正教教堂。清明节很多家庭除了去墓地扫墓外，还要去教堂做弥撒、敲钟，为逝世的每位亲人点一支蜡烛，虔诚地将蜡烛放在教堂的烛台上，并为他们祈祷。届时教堂门前排着长队，男女手里拿着蜡烛和鲜花，女的进教堂必须戴头巾。每逢宗教活动，教堂边上就有卖各式各样头巾和鲜花的地摊来满足人们的需要。摩尔多瓦清明节和中国清明节有很多相似的地方，但扫墓时污染少一些，不点香，不烧纸。

一方水土养一方人，为了适应一方水土，不同地方的人就形成了不同的语言、不同的思想表达方式和对自然界不同的认知，形成了不同的风俗习惯。

二十六、国际书展日

有阳光之国美称的摩尔多瓦，从四月下旬开始日照时间就很长了，从凌晨五点多日出到晚上八点多日落，日照时间长达十四五个小时。灿烂的阳光普照着黑土地上的万物，尤其是大面积的葡萄种植园，大面积的向日葵种植园绿油油的，望不到边。摩尔多瓦人喜欢阳光，更喜欢在阳光下读书。每年四月下旬，摩尔多瓦共和国都要举办为期三天的国际书展日——International Book Exhibition of Moldova。既然是国际书展日，中国当然参加了，每年书展中国展区由中国驻摩尔多瓦大使馆组织，使馆人员少，人手不够，孔子学院的老师和志愿者都要参加书展活动。

"江教授，我们给您安排了半天时间参加书展会，可以吗？"

"好啊，有什么活儿您安排，不要犹豫。"

"那您明天下午一点到书展会中国馆，到时张老师和一位志愿者和您一起工作。"

"好，我按时到。"

江一舟嘴里答应着孔院院长的话，心里想：这书展会在哪儿举办？我能做些什么？远不远？怎么走？都是未知数。他到摩尔多瓦以后，总是担心交通工具不便，怕迷路而影响工作。

"江教授，您第一次参加，书展的地方可能远一点，您和志愿者联系一下，她们会领您去的。"

"好的，谢谢院长。"

志愿者告诉江一舟，书展在"Moldexpo Street Ghioceilor"。江一舟问在哪个方向，志愿者说不上来，只说她们坐公交车去很方便。江一舟和志愿者住在两个区，让志愿者过来一起走，志愿者不方便。于是江一舟让志愿者直接去就行了，他自己想办法去。

第二天，江一舟12点前一切准备就绪，从地图上来看，书展就在磨坊谷公园的后面，于是江一舟直奔磨坊谷公园而去。磨坊谷公园离江一舟住的公寓不远，他需要向西南方向走，为了保证按时到，江一舟不敢怠慢，他快步穿过了1989年8月31日大街、布嘉勒斯特大街，来到了马特诶次大街，按他的计算，只要过了马特诶次大街就能下到磨坊谷公园。他走过了马特诶次大街，上了人行道，在前面有一条林荫小道，按照方向这条小道可以通往磨坊谷公园。他快步朝前走去，穿过小道，来到了一个好像是休闲场所的地方，中间是花园，两边是咖啡厅。走过花园，碧水荡漾的磨坊湖就在山下，江一舟松了一口气。此时二十分钟已经过去了，到书展会场还需要多长时间他心里没谱，得抓紧时间，他顺着台阶和山路快步来到山下。江一舟向远处望去，山谷里没有什么建筑物，山谷向左蜿蜒延伸，他沿着磨坊湖左边走了大约15分钟，越走越开阔，一个水泥地面的大广场就出现在眼前，广场的左边是山坡，山坡上杨柳倒垂，随风起舞，好像在欢迎前来参加书展的人们。山脚下有一座一层的平顶建筑物，楼顶上"Moldexpo Street Ghioceilor"的字样非常醒目。楼房的对面就是书展场馆，是钢架大板房。人们三三两两地走进走出。

已经下午一点钟了，必须按时到达，此时江一舟脸上已经出汗了，他大步跨上台阶，走进了书展会议中心。尽管是活动大板房，但中央空调在工作，没有空气不好的感觉。展厅里分六块进行布置，左右两边各三排展区，每个展区分成若干个展位，每个国家有一个约两米长的展位，在展位柜台和书架上排放着自己国家的图书，其中有不少摩尔多瓦书商们的展位。从书的类别来看，以儿童读物为主，读书从儿童抓起，是不错的教育发展战略。展厅里人头攒动，熙熙攘攘，不少大人领着小孩在一个又一个摊位上浏览图书，不少小孩手里拿着他们喜欢的图书，蹦蹦跳跳地跟着大人。江一舟在展厅内走了一圈，没找到中国的展位，他心里有点紧张，难道他走错了，不是这儿？已经到点了。他沉住气，继续找，德国、意大利、比利时、土耳其、法国。他在法国展位旁边看到了中国国旗，江一舟出了一口长气，总算按时到岗。中国展位上有三个书柜，里面全是大使馆准备捐给摩尔多瓦少儿图书馆的英汉、俄汉版的中国历史故事、中国文化等方面的图书。书架前面有一个玻璃柜台，里面摆放着中国国旗和一些纪念品。柜台旁边有一个小桌子，上面铺着写毛笔字的毡布。

"江教授，您来了。"一位本土教师亲切地向江一舟打招呼，并让江一舟进到展位里，坐到小桌子跟前。

"来了，终于来了，这儿不好找，我找了半天。"

"是的，江教授，知道这儿的基希讷乌人也不多，没有活动的话，平时没人来这儿。"

"是吗？丽莎，你们回家休息吧，辛苦了一上午，这儿交给我。"

"江教授，你一个人行吗？"

这时江一舟才反应过来，张老师和志愿者还没到。就在这时，四五个小孩来到了中国展位，要求用毛笔写他们的名字，江一舟还没弄清楚怎么回事，本土教师安丽莎就给江一舟递了一支毛笔和她们已经裁好的纸条。

"江教授，您给他们写一下，好吗？"

"好，好。"江一舟拿过毛笔，端过墨汁，铺好纸条，就写了起来，不知不觉写了十几条，而且人越来越多，孩子们排起了长队。江一舟越写越顺手，越写越多。本土教师高兴得合不上嘴，原来写一个名字，她们收五列伊。江一舟没管那么多，只要摩尔多瓦的孩子们喜欢汉字就好，他们要他写，他就写。本土教师离开时，让江一舟给她俩每人写了一幅毛笔字。中国毛笔字是多么有魅力啊，江一舟在书展上什么也没干，只是给摩尔多瓦人用毛笔写名字就已经非常有意思了。

天气渐渐地热起来了，摩尔多瓦的活动也多起来了。国际书展落下了帷幕，"汉语桥"世界大学生中文比赛海外预赛又紧锣密鼓地开始了。在摩尔多瓦参赛很有优势，只有决赛，没有预赛，也就是只有一次比赛，一锤定音，第一名和第二名去中国参加比赛。

二十七、"汉语桥"中文比赛

　　摩尔多瓦第十四届"汉语桥"中文比赛即将开始，孔院老师和志愿服务者分工负责，报名工作由办公室老师负责，布置会场由志愿者负责，而江一舟只能做点辅助工作了。

　　"江教授，这比赛题您得好好看看，这是三位老师出的题，您得把把关，把试题统一起来。"

　　"好，院长，我先看看再说。"

　　江一舟回到公寓已经天黑了，他吃了晚饭后，在电脑前一坐就是三个小时，已是晚上十一点多了。大学组和中学组的比赛题和备用题他仔仔细细地审阅了一遍，对试题有了一个初步的了解，他是第一次接触汉语比赛试题，对他来说是一次非常好的学习机会，"汉语桥"比赛的试题范围和出题方式孔子学院总部有统一的规定，各个孔子学院根据自己的实际情况出题或选题。

　　"院长，试题出得很全面，有两方面我做了修改，一是对大学组和中学组的难易做了区分，二是对重复的试题做了调整。"

　　"太好了，去年比赛时出现了重复的试题，让我们很尴尬。这下有您把关，我们就放心了。"

　　"这样吧，院长。您还是再找老师看看，这样就万无一失了。"

　　"好吧，谢谢了江教授，比赛明天下午进行，您一定得在现场多费心。"

　　下午的课结束后，江一舟拖着疲惫的身子往公寓走去，从学院到公寓乘坐公共汽车要走三站路，步行需要半小时。江一舟是个急性子，没有耐心等车，另外，下班、放学时间是乘车的高峰期，车站人很多，有时车上很挤。江一舟心里想，别给大家添麻烦了，还是自己走吧，于是他选择了走回去。江一舟刚走到公寓楼下，电话铃响了。

"江教授，您好，我是李妍，明天我要主持'汉语桥'世界大学生中文比赛。我刚才去办公室找您，办公室的人说您回家了，我只好给您打电话了。"李妍是摩尔多瓦国际语言学院孔子学院的志愿者，是唯一一位汉语语言文学专业的学生。

"小李，没事，你说。"

"是这样的，江教授，明天就要比赛了，可我写的主持词有点乱，想请您给看看。"

"好，得给我点时间，你发到我的邮箱里，我明天上午发给你。"

毕竟是学生，主持词和比赛议程有些脱节，来宾称谓不清，语言拖沓，不像是比赛大会主持词，倒像是联欢会主持词。江一舟只好痛下杀手，改掉了近三分之一的文字。又是十一点多了。

摩尔多瓦"汉语桥"世界大学生中文比赛在摩尔多瓦国际语言学院六楼大会议室举行。摩尔多瓦国际语言学院的老师告诉江一舟，六楼的会议室只有重要会议才可以使用，而且得写申请请校长签字后方可使用。

会议室不大，是一个半圆形的房间，能容纳一百多人。穹顶是蓝白相间的含有宗教色彩的大型油画，右面的墙壁画着一座耸入云端的建筑物，上面的几层已是残垣断壁，这就是传说中的通天塔。据说在远古时期，人们为了和上帝交流方便，就打算修建一座建筑物直通九霄云外。塔越建越高，眼看着就要修到天上去了。可人类直接到天上去是不被允许的，于是上帝就让人类讲不同的语言，结果修建塔的人们没法交流，工地上乱套了，塔也修不下去了。江一舟听完了学生的讲解，觉得很有意思。会议室左面的墙壁上陈列着各种古铜色的欧洲冷兵器。会议室前面分两边摆放着 5 排连体座椅，每排能坐 15 个人。

夕阳还在山那边

会场浓厚的汉语氛围将人们带到了中国，台上挂着摩尔多瓦第十四届"汉语桥"中文比赛的汉字横幅，两边的鲜红中国结、彩色的气球和中国字画展示出了丰富多彩的中国文化。

评委席上坐着中国驻摩尔多瓦共和国大使先生、大使夫人、教育秘书、商务参赞、使馆办公室秘书和摩尔多瓦国际语言学院副校长、孔院外方院长，在摩尔多瓦这阵容已经是不小了。这儿没有语言、文化、艺术专家，只要是有文化的中国人和与孔院工作有关的外籍人士就可以做评委。评委席后面坐满了选手和观众，一些是来为孩子加油打气的家长，还有老师和同学。气氛非常热烈，他们期待着比赛的结果。相对而言，摩尔多瓦的比赛不像其他赛区竞争那么激烈，只参加一次比赛就能决定能否去中国参加决赛，而且只要你报名就能参加比赛，因此选手们鼓足了劲，都想拿到去中国的机票。

比赛分大学组、中学组，大学组有十一人参赛，中学组有十三人参赛，比赛形式为汉语演讲、汉语知识问答和有关中国文化的才艺展示。比赛在紧张激烈的氛围中有序地进行着，选手们个个做了充分的准备，摆出了不拿第一不罢休的架势。比赛进行了三个多小时，很顺利也很成功，真实地反映出了摩尔多瓦汉语教学的现状。江一舟认真地参加了比赛的全过程，不时地和选手老师交换意见，交流学习汉语的信息。比赛结束了，江一舟想，汉语教学任重而道远啊，路漫漫其修远兮，吾将上下而求索。

二十八、语言日书展

　　摩尔多瓦国际语言学院的孔子学院已经有好几年的合作办学历史了，在基希讷乌大多数人都知道孔子学院，但对孔子是什么人知之甚少。俄罗斯在对孔子的研究方面有不少专著，但只限于个别的高校和研究所及专家，并没有影响到一般学校，况且摩尔多瓦人的民族情结根深蒂固，俄裔和罗裔都希望将他们自己民族的语言作为官方语言，而且坚持己见的氛围越来越浓。由于历史的原因，摩尔多瓦的图书基本上都是以俄文发行的。每年8月31日是摩尔多瓦的语言日，为了强化语言日的重要性，营造节日的仪式感和氛围，在这一天，摩尔多瓦文化部、教育部等部门会邀请驻摩尔多瓦各国使馆参加活动，活动之一是书展。活动的初衷是改变出版物全是俄语的现状。"今天是摩尔多瓦语言日，你们展台上为什么全是俄语书？"一位参观书展的摩尔多瓦人问中国使馆书展柜台的工作人员。这一问让这位工作人员愣在那儿，不知如何回答。还好旁边的一位孔院教师反应快，说："是这样的，罗马尼亚语的书正在邮寄的路上，没有赶上书展，就只好先展出一些俄语书。"语言日是为了确定罗马尼亚语为官方语言而定的活动，在语言日的书展全展出俄语书是不合适的。说实话，罗马尼亚语是小语种，翻译成罗马尼亚语的书本来就不多。中国驻摩尔多瓦大使馆里的书几乎全是俄语、英语的译本，一小部分是罗马尼亚语版本。

　　一个小小的插曲说明了什么呢？语言的位置在人们的心中是很重要的，使用语言是一个民族独立的象征之一。搞个语言日活动简单，可在实际生活中推广一门语言就不那么简单了。在摩尔多瓦人的日常生活中，俄语的使用是很普遍的。比如电视节目，一般情况下两种语言同时出现，讲俄语的节目，下面的字幕是罗马尼亚语，讲罗马尼亚语的节目，下面的字幕是俄语，如果是英语节目，口译是俄语，字幕是罗马尼亚语，还有其他语言的节目，像法语、意大利语、土耳其语等。字幕要么是俄语，要么是罗马尼亚语，看电视上的字幕就很热闹。

二十九、孔子教育思想讲座

　　江一舟认为摩尔多瓦人对孔子了解甚少，就连摩尔多瓦国立大学中国文化研究中心对孔子的介绍也不多。可让江一舟没想到的是，一所摩尔多瓦的学校要举办孔子研究的讲座。江一舟刚下课，孔院的秘书布可娜就打电话，说 B.P.Hasdeu 市立图书馆下周五要举办有关孔子思想的学术讲座，请孔子学院派一名老师做一场有关孔子的专题讲座，学院认为只有江一舟能去了。这让江一舟为难了，自己不是对外汉语教学专业的，更谈不上研究孔子思想的专家，何况讲座可不是上课呀。他转念又一想，摩尔多瓦人想了解孔子思想、学习汉语，自己是中国人，有什么理由拒绝传播中华文化呢？他拎着书包回到了公寓，上了两个小时的课，又步行了近半小时，有点累了，他一屁股坐在椅子上，考虑着布可娜对他说的讲座的事。他既兴奋又有压力，兴奋的是感觉到摩尔多瓦人热爱中华文化，想了解研究孔子思想，这对孔子学院的老师来说太有积极意义了，这不正是他不远万里来到摩尔多瓦想看到的吗？而压力是他不知道讲什么。孔子思想博大精深，从哪儿切入呢？

　　夜深了，江一舟还坐在电脑旁，边看边写，边写边看。他想，自己是教师，听众是教师和学生，介绍孔子生平，讲解孔子的教育思想、治学理念，既有历史意义，又有现实意义。既能让摩尔多瓦的老师和学生认识孔子——中国伟大的教育家及思想家，又能指导现实教学工作，这样比较好。介绍孔子的治学之道，以故事的形式来讲述孔子治学的过程，让老师、学生结合自身的经历去体验孔子思想、理解孔子思想、了解中华文化。江一舟心里有底了。已经凌晨一点钟了，睡吧，明天还有课，他自己告诫自己。

"江教授，讲座的事考虑得怎么样了？"布可娜秘书很热心，她一看见江一舟就问。

"我考虑到我是孔子学院的老师，让摩尔多瓦人了解孔子的教育思想是我的义务。不过，我有个要求，学院必须派一位汉语和罗马尼亚语水平好的老师做翻译。"

"好的，我联系翻译，如果您有书面材料的话，能否发给我？我让翻译做好准备。"

"没问题，明天下午我就发给你。"

江一舟到摩尔多瓦已经快三个月了，这三个月是外派教师最艰难的时期，已花甲之年，不享天伦之乐，还在异国他乡奔波，很多人想不通。在培训期间，有人问："江教授，您给谁挣钱？"问他的人意思是，他都60岁了还出去工作挣钱。"是啊，我也说不清给谁挣钱。"江一舟心里想，并不是自己清高，可为什么人们一谈到工作就问能挣多少钱？他从来没想过为钱而来摩尔多瓦。他只想在身体情况允许的情况下，做点自己力所能及的事。他多年从事教学和国际交流工作，他愿意为传播中华文化尽绵薄之力，他也了解世界各国人民想学习汉语和中国文化的愿望。他想在国外讲讲汉语，了解当地的文化、教育、风俗习惯，和当地人交流，了解他们对人生的认识和对生活的态度是他一直想做的事，这才是他坚持来摩尔多瓦工作的理由和动力。当然了，有钱挣何乐而不为呢？江一舟作为学校老师是工薪阶层，没有多少钱，生活很踏实平淡，不赶时髦。可他看不起追逐金钱名利的人，深信金钱不是万能的。

江一舟快步走着，他每天都要穿过基希讷乌中心公园、摩尔多瓦议会大楼、高等法院，再走过两个街区才能到公寓。已是傍晚了，公寓门前的几棵大榆树和江一舟国内小区楼前的大榆树一样，一到傍晚，树上的麻雀上下翻飞，叽叽喳喳，很是热闹，江一舟仿佛回到了国内自己住的小区楼前，睹物思人，有点想家了。

麻雀起落古树旁，
疑似到家欲唤儿。
奇花异草示他乡，
笑己思乡太猖狂。

周四上午，孔子学院办公室秘书布可娜打来电话，请江一舟把讲稿译成英语，并说她们动员了好几位老师都没有翻译成罗马尼亚语，特别是孔子的一些语录，太不好理解了，她们翻译不了。江一舟告诉布可娜，来不及了，明天讲的时候，有些孔子的语录他会逐字逐句地讲，然后让翻译逐字逐句地翻译，尽量让与会的人明白。

讲座两点开始，下午一点刚过，江一舟就按时来到了孔子学院办公室，按照孔院安排，市立图书馆派人来接江一舟。江一舟刚坐下，就进来了一位中年妇女，一脸紧张，显得局促不安，她勉强笑着走到林院长跟前低声问道：

"林院长，这位是江教授吗？"

"是，这位是江教授。江教授，我来介绍一下，这位是市立图书馆办公室的欧丽蒂斯女士，她是来接您的，准备好了就可以出发了。"

林院长和欧丽蒂斯女士认识，和她开玩笑说：

"欧丽蒂斯，你紧张什么？该紧张的是江教授。"

"是的，可我还是紧张，因为我们图书馆能请到中国的教授给我们做讲座是第一次，难免紧张。"

B.P.Hasdeu 市立图书馆位于基希讷乌市的东南部，离学校有十里之遥，不到 20 分钟，他们就到了 B.P.Hasdeu 市立图书馆。图书馆就在马路边向里 20 米处，是四层的公寓楼，图书馆就在一楼。从沿街的大门进去，就

夕阳还在山那边

是图书馆的接待室，有好几位工作人员忙着准备会场，左手边就是主会场了，也就是图书馆的藏书室和阅览室。会场不大，有三四十平方米，书柜前立好了投影屏幕，屏幕前摆放了两排大约四五十把椅子。馆长热情地把江一舟请到了后面她的办公室。很多事江一舟在慢慢地适应、慢慢地了解学习。在国内做讲座，至少有一二百人参加。这让他想起了一场对他触动很大的讲座，那还是在澳大利亚国立大学参加培训时发生的事。一次学校举行国际学术研讨会，特请了德国学者来做一次讲座，他们几位中国老师也被邀请去参加。江一舟想，国际学术会议，大礼堂，应该有几百上千人。等他们到了会场后才发现，除了组织方和学者外，加上四位中国老师，一共才十三四个人。而国内高校的学术报告厅越建越大，越建越多，经常是会议厅小，人满为患。并不是每次讲座都那么的有吸引力或参加者感兴趣，而是组织者的功劳，这就是中国的国情。

江一舟心里考虑要压缩讲座时间，如果人少，就简单讲讲，和大家多交流。两点了，讲座开始了，江一舟来到会场一看，椅子坐满了，后面还站了不少人。他从孔子 15 岁就立志学习讲起，循序渐进，重点还是讲孔子和他的学生如何学习，如何对待师生关系，如何严于律己、宽以待人。师生们静悄悄地听着，江一舟已经是使出浑身解数了，有时一个字他要从不同层面解释好几次，但他从师生的反应来看，能完全明白的不多。江一舟一看表，已经三点多了，讲了一个多小时，该结束了，再讲下去，同学们就坐不住了。

三十、反法西斯战争胜利纪念日

五月上旬是一年中最美好的时光，天不热，也不凉，灿烂的阳光督促着各种鲜花竞相开放。基希讷乌是丘陵地貌，没有高山峡谷，一眼望去万里碧空飘着几朵白云，白云下面红瓦白墙绿草地，阵阵微风吹来，恰似来到了仙境，美不胜收。

江一舟睡了个自然醒，周末不用担心迟到，不用上闹钟。虽说是自然醒，可还不到八点钟就起床了。他在国内也是这个时间起床，七点半以前必须起床，习惯了。江一舟拉开窗帘，金灿灿的阳光洒满了屋子，周末这么好的天，可不能宅在家里。

周末的早晨一般情况下很安静，到户外活动的人不多。江一舟喜欢这种宁静，他沿着大街小巷走，就他一个人，好像整个城市是他一个人的，虽说身处他乡，但星期天的早晨他什么地方都敢走，不怕迷路，不怕走远了，有充裕的时间尽情地享受阳光空气，观赏鸟飞蝶舞，狗吠鸡叫。已经是十点多了，江一舟在基希讷乌的东北部走了两个多小时，转回到了市中心的斯特凡大公大街上。街上的车流量比工作日少多了，只有公共大巴和电车照常行驶，坐车的人也比上班时少多了。他沿着斯特凡大公大街走，经过了米哈伊·厄米列斯库大街，下一个街口就是普希金大街，普希金大街前面就是政府广场。就在普希金大街口，有几位警察在斯特凡大公大街上拉起了红白相间的带子，示意车不能进广场了，得绕行。江一舟心想，摩尔多瓦人隔三岔五地上街抗议游行，今天又是什么事？他一直往前走，来到政府大楼广场对面的中心公园时，人们三三两两在集合，不人穿着节

日盛装，举着摩尔多瓦国旗。前面的马路上停了不少各个时期的汽车，车上站着或坐着一位位年已古稀的白发白须的老人，他们身着笔挺的军装，头戴威严的军帽，胸前佩戴金光闪闪的军功章，旁边都坐着一位打扮得花枝招展的女士。再往后看是准备游行的方队，一眼望不到边。此时江一舟才反应过来，五月九日是摩尔多瓦人民反抗法西斯战争胜利纪念日，今天可是反法西斯战争胜利七十周年纪念日。身在他乡，消息就是这么迟迟地到来，而且全凭自己关注、自己搜索，没有人专门通知你。

117

在公园里，灿烂的阳光透过树枝照到了身着盛装、表情庄严肃穆的人们身上，给人们增添了庄严和谐的气氛。十一点，纪念活动开始了，在摩尔多瓦军乐队的指引下，游行队伍走过了中心广场，有抗战老兵车队，分为陆军、海军和空军，有各个地区方队，方队里有老人、有小孩，还有学校学生方队。他们大多数人双手把在二战中牺牲亲人的照片捧在胸前，牢记战争给他们带来的苦难，珍惜当下来之不易的和平。虽说队伍没有那么整齐，那么威武，可他们对胜利的理解是深刻的。二战期间，摩尔多瓦人饱受战争之苦，有些地方在战争期间几乎被夷为平地。游行队伍不到二十分钟就走过了中心广场，他们还有一段路要走，活动的主要仪式要在战争胜利广场即五枪广场举行。

三十一、中国文化宣传日

其实，很多事发生在周末，原因很简单，工作日江一舟除了上课就是上课，还能有什么事呢？天刚亮，江一舟就已经拎着一大包水果、饼干和面包来到了学校门口，他要和老师们去摩尔多瓦的第二大城市贝尔茨。贝尔茨是摩尔多瓦北方最大的城市，有一家语言学习中心要举办汉语文化活动，特邀孔院的老师们光临，为活动助兴。

说好了上午七点半在国际语言学院门口集合，统一乘车前往。七点半，老师和志愿者到齐了，同车前往的还有一对俄裔摩尔多瓦夫妇，他们俩是中国文化爱好者和中国文化在摩尔多瓦的传播者，丈夫谢廖沙会打一手地地道道的中国太极拳，而妻子奥卡不仅学习汉语，还能表演中国功夫茶。他们为人憨厚、诚实、善良，对中国人十分友好，三十岁左右，一副欧洲人的面孔，金发，白皮肤，高挑的个子。最令人佩服的是他们的修养和文化，见面时总是面带微笑，显得礼貌、谦虚。不一会儿车来了，夫妇俩将大家带的东西放到了后备厢，然后他们先上车坐到了最后一排。志愿者再三请他们坐前面，让年轻的志愿者坐后面，可他们就是不肯，另外老师和志愿者们都不知道路，而他们俩还是向导，万般无奈的情况下奥卡坐到了第一排。车开了，大家欢歌笑语，开始了一天的旅行。

贝尔茨位于摩尔多瓦的北方，距基希讷乌 135 千米，由于摩尔多瓦北方有工业和制造业，相对南方来说经济发展要快一点，沿途的路况比南方的路况好多了，一直是宽阔平坦的柏油马路，有一段双向六车道的高速公路，奔驰面包车载着中国教师和志愿者奔驰在宽阔平坦的高速路上，没有收费站，没有设卡检查，一路顺利抵达贝尔茨市。江一舟很欣慰，一个多小时就到了，他刚要准备下车，奥卡急忙站起来说："大家先不要下车，我们刚到市区，还没到活动地点，再坐会儿。"然后她下车打电话去问路。车又开了，不一会儿车开进了山谷，沿着山脚公路缓缓前行，大约走了二十分钟，车来到了一个湖边，沿着湖边的公路上到了一个小山坡，车停下了。奥卡说："我们到了，大家可以下车了。"

山脚下一块平坦的草地被分成了好几块，都用木桩隔离开，里面有搭建的木屋、木棚。木屋木棚里面有木桌椅，还有露天的烧烤炉。看来活动安排在农家乐了，江一舟心里想。可不是吗，举办者曾是孔院的学生，为了搞好此次活动，她花费了不少功夫。

大家一下车，语言活动中心的负责人沈丽莎就前来迎接，她曾经是孔子学院学生，学习汉语已经三年了，在中国留过学，也曾随丈夫到过中国很多地方。她穿一身黑色的中国武术服装，披着长发，腰间扎着功夫腰带，抱拳施礼，就像电影中的女侠客。

"大家早上好，欢迎大家来贝尔茨。"她说完就领大家来到了一片空地。紧接着活动就开始了，贝尔茨来参加活动的人已经等了好长时间了，他们是来自各个学校学习汉语的学生，有的学生家长也来了，可能有四五十人。活动第一项就是全体学习太极拳，谢廖沙先生先给大家讲了太极拳的要领，然后带领大家一起打太极拳。随着缓缓的中国太极拳的音乐声，人们立刻进入了一种神秘的精神境界，先生的一招一式自然洒脱，刚柔相济，学员们认真地跟着先生学习。微微的和风吹得山上的小树向人们鞠躬致意，吹得湖水泛起层层银波，吹得人们的衣角上下摆动，好一幅美妙的画卷。在碧波荡漾、芦苇翩翩、野鸟成群的湖边，在绿树成荫的草地上打太极拳，令人心旷神怡。

接下来是展示中华民族的优秀传统文化之一，中国艺术百花园中的一朵奇葩——中国书法。江一舟跟着大家学完太极拳，一起去看书法展示。

"江教授，该您上场了。"一位志愿者走到江一舟跟前说。

"我能做什么？"

"写毛笔字！"

"我没有带笔墨纸，怎么写？"

"我们都为您准备好了。"一位志愿者拿了好几支粗细不一的毛笔，江一舟一看，都是国内市场上买的廉价毛笔。再别讲究了，将就将就吧。他从里面挑了一只能写大楷的笔。

在院子里的大棚里，有一张能坐二十几个人的大长桌子，在桌子的一头放好了纸墨，江一舟再不敢推辞，宣传中华文化责无旁贷，在此时不能犹豫，硬着头皮也要上。在国内江一舟也写毛笔字，可那都是挂不上墙的字，更不要说什么书法字。怎么办？山中无老虎，猴子称大王。江一舟拿起毛笔，蘸好了墨汁，写什么呢？这是给人家题词，可不是随便写写。他问志愿者这个语言培训中心叫什么，一位志愿者说叫大地语言培训中心。好，那就写"大地长青"四个字吧。江一舟写出了一头汗，压力山大，既紧张又担心，还好四个字挂起来看还看得过去。接着他给当地的孩子们写汉语名字。看来中国的毛笔字不仅中国人喜欢，摩尔多瓦人也喜欢。英国著名的艺术史家贡布里希认为："中国书法在中国文化中的作用，与我们文化中的音乐形成很好的对比。它们都深深地扎根于具有普遍性人类反应的共同基础。"是啊，人类对美好的东西向来是渴望的。

活动井然有序，书法活动已结束，中国功夫茶道表演就开始了。奥卡夫人一身红色的中国旗袍，右手抱左手，早就站在了木桌的另一边，犹如嫦娥下凡，白皙的皮肤在红色旗袍的反射下发出淡淡的粉红光泽，靓丽动人。当大家来到她周围时，奥卡已经放好了茶船、茶壶、盖碗、茶罐、茶道组和一大壶刚烧开的水。然后开始备席、备茶、温壶、置茶、注水、润茶、计时、奉茶，按顺序每人一杯。奥卡会说的汉语有限，讲解时基本上说的是俄语和罗马尼亚语。中国功夫茶代表了中国悠久的茶文化，在座的老师和学生无不感慨中国茶文化太伟大了。中国人喝茶，不光是为了解渴，还是以茶寄情，陶冶情操，在和、敬、清、静的品茶气氛中修身养性，使浮躁的心归于平静，将人间的冲突化为和谐，这就是中国茶道的美妙之处。

三十二、志愿者回国

湖水镜面平，
芦苇柳树荫。
七女任期盈，
不日返天庭。
告别接歌声，
噙泪话别情。
天涯人海深，
聚散总有请。
他日有芳草，
鸿雁相告明。

摩尔多瓦学校的暑假比中国要早一些，一般五月下旬开始停课，学生们开始复习考试，毕业班的学生更早，在四月份就停课了，他们除了实习，还得准备毕业论文和答辩。在摩尔多瓦工作的中国老师已经没什么事了，特别是志愿者，她们风里来雨里去，在摩尔多瓦工作一个学年了，志愿者在孔院的任期是一学年，这批志愿者任期到了，该回国了。这时她们才感到时间过得很快，她们刚刚熟悉了工作、生活环境，刚了解了学校教学管理制度，对教学工作有了清晰的认识，刚知道如何做会更好，她们的任期就到了。

志愿者们抓紧时间，买点摩尔多瓦的特产，回去好给家里人、亲戚朋友一个交代，毕竟在国外工作一年了。虽说每年出国人数大增，但对大多数中国人来说，出国是一件奢侈的事，一般人只能说说而已。另外，有的志愿者还要参加毕业答辩，这样的话在五月中下旬就得返回母校。

　　江一舟听说志愿者要回国了，他想起了在学校时年年送毕业生，四年一个循环，人生就是在迎来送往中慢慢走向自己的终点，是否有点伤感呢？

　　孩子们乘坐的是晚上 11 点的航班，江一舟 7 点打的来到了基希讷乌机场。

　　"江教授，您来送我们了，我们真高兴。"七名志愿者都围了上来。

　　"你们要走了，我哪有不送之理，登机手续还没有开始办？"

　　"还没有开始，江教授，您坐下。"志愿者小张说着，眼泪挂在了眼眶里。

　　"小张，同学们，是你们把我从基希讷乌机场接到斯特凡大公大街公寓，是你们陪我熟悉基希讷乌的，陪我办银行卡，陪我购物，使我在很短的时间内，很快地适应了生活、工作。你们要回国了，我很高兴，你们很快就和父母团圆了，祝你们一路顺风。"

　　"谢谢江教授！"志愿者齐声说道。

　　"这样吧，我来了，我给你们看行李，你们去办登机手续吧。"

　　志愿者们去办手续，江一舟就像照顾自己的孩子一样，看着她们给行李打包，托运行李。当她们办完了一切手续，就要进站进行安检时，手里拿着登机牌和护照又围到了江一舟身边。

　　"手续都办好了？"江一舟问道，志愿者们点点头。此时志愿者们乘坐的航班开始安检了，志愿者们含着泪一个个和江一舟拥抱、道别，依依不舍地走向安检处。江一舟目送她们进了安检处，才长长地出了一口气，孩子们都走了，他心里有些孤独和失落，也有一丝凄凉。是她们的微笑和

夕阳还在山那边

亲切的称呼给了江一舟在异国他乡工作的信心和力量，使他那忐忑不安、不知所措的心平静了下来，很快地适应了摩尔多瓦孔院的工作。到她们走时，江一舟还叫不出个别志愿者的名字，但在他心中，他一直把她们当自己的孩子。

孩子们，谢谢你们，展开你们的翅膀飞吧，飞得越高越好，未来是属于你们的，再见了。

三十三、六一儿童节

六月是摩尔多瓦一年之中天气最好的时候，不冷不热，到处鲜花盛开，微风吹拂着树枝，婆婆娑娑，各种鸟上下翻飞，追逐戏耍，一会儿在这边叫，一会儿在那边叫。特别是基希讷乌的中心公园，树木参天，花卉遍地，是人们休闲的好地方，也是鸟儿们的乐园。一阵阵欢快的歌声吸引了江一舟的注意力，他走过了中央政府大楼，来到了中心公园，穿过矗立着斯特凡大公铜像的院子，向前一看，哇，一群群孩子有的穿着各色的民族服装，有的穿着美丽而贴身的校服，他们各自有一块地方，表演着他们准备好的节目，有跳民族舞的，有跳现代舞的，有歌声，有器乐声，有孩子们的戏耍笑声。江一舟看到了不少广告牌和横幅，才连猜带蒙明白了今天是六月一日国际儿童节。江一舟走近一看，中心公园的中心还搭有舞台，看来，这是活动的中心了。台上的主持人身着白色的连衣裙，褐色的长发在阳光下泛着金光，她手持话筒，在蓝色的舞台背景的衬托下犹如仙女下凡。节目好像是一个艺术学校的演出，舞台周围站满了学生家长、老师和观众。离舞台不远的地方也有演出，有的好像是来自别的地区，带来了当地传统的舞蹈。每逢节日，摩尔多瓦的男女老少都要穿上民族服装。几个世纪以来，摩尔多瓦民族形成了独具特色的民族服饰。成年男子穿白长衫和白裤子，外套呢制的西装背心，入冬穿皮坎肩或毛坎肩，着短羊皮袄，头戴小羊皮帽，脚蹬自制皮靴，腰间束红色的、绿色的或是蓝色的宽腰带。腰带长度一般为 3 米。男用腰带不仅仅具有实用价值，而且具有极强的装饰性。妇女头扎大方巾，上身穿白底彩绣衬衣，外套过膝宽下摆裙，裙外扎毛料

或亚麻布的围裙。摩尔多瓦妇女的裙子一般用深色的纯毛面料制成，裙子上面绣有五彩几何图案，腰部配有窄腰带。冬季，男女均穿上自制的皮毛外套。21世纪初，民族服饰在农村的老年人中仍有保留，年轻人已很少穿着，大多在拍摄电影时和舞台上使用，已逐渐成为摩尔多瓦民族服饰的艺术象征。

中心公园里不少来自不同地区的男孩身着白色绣有红蓝绿黑等颜色花边的上衣，黑色的裤子，头戴黑色的礼帽，脚蹬麻绳编织的靴子。女孩头上裹着花头巾，身着彩衣，民族味道很足。江一舟饶有兴趣地看了好几处的表演，他只能用微笑和掌声向孩子们祝贺节日。

已是下午四点多了，江一舟路过磨坊谷公园，他要从谷腹中走出去，当他走到谷口时，附近传来了鼓号声，他感到好奇，就朝着声音传来的方向走了过去。在谷口的右侧是一片斜坡，抬头望去，绿荫中有一座墙面有十米高的建筑，顶部有几个字："Teatru de vara"。江一舟不认识罗马尼亚语，他猜第一个词是剧场的意思，因为和英语的剧场 (theatre) 差不多，但其他的就不知道了。他顺着台阶走了上去。建筑物的左边是大门，朝大门里面一看，里面是一排排的绿色连椅，大约能有上千个座位，原来是基希讷乌的夏日露天剧场。为了欢庆六一儿童节，剧场的座椅全部重新油漆，远远看去绿油油的，就像山坡上还没有开花的油菜地一样，里面已经有家长坐在前面的几排了。大门左边的树林里的空地上，一位穿白衬衣、黑背带裤，头上黑发稀疏，肚子快掉到地上的胖子正指挥着乐队吹奏，大鼓、小鼓、长号、短号，好像是一所中学的乐队。刚才江一舟听见的声音就是他们在演奏，他们在为家长、老师和学生参加庆祝六一儿童节的活动做准备。

大约六点钟了，太阳落到了大树后面，演出开始了。先上场的是一位年逾五十的女老师，精神抖擞，带着七位学生，他们手拿小提琴，身着白衬衣、黑裤子、黑皮鞋，打着领结上了台，他们表演的是小提琴独奏和合奏，第二个节目也是老师和学生的小提琴独奏和合奏。真不错，一所中学能有这么多的学生拉小提琴，那该多么好。江一舟听得有些陶醉。在座的有几百人，而他可能是唯一的一名外国人，学生和老师都非常礼貌地向江一舟点头微笑，江一舟也回以微笑。三个中学的演奏结束后，又有舞蹈节目上演，江一舟一看表，时间还早，但他得回去，晚上还有安排。他顺着剧场最边上的通道离开了会场，迈开了大步，走出了磨坊谷，来到了彼得大街，沿着普希金大街返回了公寓。

三十四、摩尔多瓦的气候

　　人们都说摩尔多瓦属欧洲南部，地处俄罗斯平原与喀尔巴阡山交接地带，属于温带大陆性气候，夏天天气不是很热。有时大西洋气旋向摩尔多瓦吹来大量湿润、温暖的空气，但有时也会送来充满水气的地中海热浪，以至生成摩尔多瓦的夏季暴雨。但近几年来，受天气异常变化的影响，摩尔多瓦夏天少雨炎热。从东南方向吹来的大量干燥气流又常常会引起干旱，而能够造成早秋或晚秋寒流的北极冷空气很少入侵摩尔多瓦。这样摩尔多瓦日照充足，就有"阳光之国"的美誉。持续日照时间北方为 2060 小时，南方为 2330 小时，植物生长期超过 210 天。夏天日照时间长，碧空万里，瓦蓝瓦蓝的天空没有一丝白云，整个山川被晒得热浪滚滚，摩尔多瓦人习惯了日晒，他们上街没有打遮阳伞的习惯，即使是在酒庄或地里干活，姑娘们一般只戴一条纱巾，个别的也就戴一顶草帽。怪不得国人常常感叹："白人怎么就晒不黑呢？"

　　摩尔多瓦冬季少雪，常常出现阴雨天气。只是在一月份开始刮东北风时，天气才开始转冷、降雪。雪天一般持续二至三天，最长为两到三个星期。二月份，气候开始转暖，有时又会寒流肆虐。三月份，摩尔多瓦常常会降落冬季少有的大雪。四月份，树木挂绿。摩尔多瓦的夏季气候干燥，也是摩尔多瓦的雨季。摩尔多瓦的秋季气候温暖，这种气候可持续到十一月初，秋老虎是很凶的，有时会把树上的枝叶晒干。

　　摩尔多瓦北方地区和南方地区的年平均气温明显不同，北方年平均气温为 8℃，南方为 10℃。一月份平均气温北方为 –5℃，南方为 –3℃。有时温度变化很快，上午是 –10℃，中午就已经是零上几度了；上午温度在零度以上，而午后会一下子降到 –7~–8℃。七月份北方为 20℃左右，南方为 25℃以上。近几年来，温度在不断地攀升，有时七月、八月的天气会达到 37℃~38℃。摩尔多瓦一年平均最低气温通常是在十二月至二月之间。

摩尔多瓦大部分国土处于雨量不充沛地区，年均降水量为 400 到 550 毫米。丘陵地区年降水量 500 到 560 毫米，平原地区 400 到 450 毫米。雨量从西北向东南逐渐减少。摩尔多瓦的地形条件是造成这种雨量分布的主要原因。西部地区比东部地区的年均降水量大约多 50 到 100 毫米。科德雷地区年均降水量是 500 到 550 毫米。在夏季，全国各地都有可能发生暴雨（一昼夜的降水量超过 100 毫米），形成水灾。水灾在摩尔多瓦是常见的自然灾害。暴雨又时常侵蚀土壤，冲刷出许多沟谷，也形成了天然的湖泊。摩尔多瓦人把天然湖泊改造成了公园，供人们在夏天钓鱼、划船、纳凉、休闲。

> 日斜燕飞椴花香，
> 落花铺地一片黄。
> 信步林间欲纳凉，
> 异国暑热也漫长。
> 基希讷乌没端阳，
> 不见粽子无雄黄。
> 清晨钟声又敲响，
> 孤留小城又一周。

三十五、端阳节摘粽叶

　　基希讷乌城里椴树参天，很多街道两旁椴树蔽日，六月正是椴树开花期，满街香气四溢，黄色的小花落满了人行道。六月的第一个周末正是中国阴历五月的端阳节。摩尔多瓦人不了解端阳节，也不知道粽子是什么。孔院为了让中国老师吃到粽子，特意从国内带来了几斤糯米，可粽叶到哪儿去找？虽然基希讷乌大小湖泊上千，每个湖泊里都有芦苇，可叶子包粽子不够宽。正在大家发愁时，罗老师说："我觉得基希讷乌植物园里的芦苇叶子够宽的，包粽子没问题。"于是大家决定周六下午去游览基希讷乌植物园，顺便看能否摘些粽叶。

　　去基希讷乌植物园很方便，在市中心有几趟公交汽车到植物园，江一舟和其他老师、志愿者一起坐上了终点是植物园的35路公交车，走了大约40分钟，车到了终点站，他们下车后又走了10分钟，来到了基希讷乌植物园的前门，植物园的门打开着，供人们免费游览。周末来植物园的人三三两两，络绎不绝。植物园面积很大，按照植物分类，划分了好几块，有世界各地的植物，种类很多。由于时间有限，江一舟和老师们不敢耽搁，直奔主题。他们沿着园中的马路来到了中央湖边，湖面不大，一条溪水流经湖区，湖水清澈见底。湖中的芦苇不少，有的长在水中央，有的长在湖边上，葱葱郁郁，很是茂盛，绿油油的叶子在风中摇曳，好像在向老师们招手。老师们来到湖边的芦苇跟前，左看看，右看看，他们不敢摘叶子，植物园里是不能随便摘叶子的。最后每人摘了五六片叶子，急急忙忙装进包里，老师们心里盘算"每人一个粽子是没问题了"。于是他们在植物园里四处走走，走出了植物园，乘车返回了学校。

周日大约 8 点多，教堂的钟声打破了休息日的宁静，教徒们纷纷走进教堂，开始了传承了上千年的宗教活动。

江一舟非常喜欢水，在家乡时，特别是雨过天晴后，他都要出去散步，呼吸湿润的空气，闻闻黄土高原泥土的芳香。出国闻闻摩尔多瓦的黑泥土味也算不虚此行。学校放假了，老师和学生都回家了。江一舟听说摩尔多瓦夏天不热，官方数据北方七月份平均温度 20℃左右。即使热，也是一两天，一场暴雨就会使天气凉下来。这多好啊，在摩尔多瓦过一个没有暑热的假期也是一件快事。另外他才刚来几个月，就留下来吧。于是江一舟放假没有回国，而是留在了摩尔多瓦。刚进入七月份，摩尔多瓦的天气就已经到了 30℃以上了，江一舟觉得很热，他原来接收的信息一点儿都不可靠。

早上金色的阳光斜射在丘陵、山坡上，穿过树林，显得温柔、灿烂。阳光照在欧式建筑的屋顶上，蓝天、红瓦、白墙、金光、绿树、幽静的林荫小道，仿佛就在油画里。天太热，江一舟在家宅了一天，晚饭后看了会儿电视，已晚上 11 点多了，不想看了，有点喧哗的街道安静了下来，他起身来到了阳台上，借着路灯向街上望去，右边的剧场的演出早就结束了，左边咖啡馆的老板在收拾桌椅，准备打烊。

夜色洋楼残月照，

巷空屋静微风了。

缕缕乡愁一粒灰，

无眠拂尘揌乡情。

江一舟住在基希讷乌市中心的罗马式建筑风格的小楼里，夜深了，他没有睡意，拿起抹布轻轻拂去床头的灰尘，一丝思乡一丝灰啊！街上没人了，空荡荡的，在距离咖啡馆不远的地方，一位貌似苔丝的金发少女在马路边的灯下徘徊，她是在等安吉尔先生吗？

　　天气预报报道基希讷乌下一周会出现高温天气，最高气温 37~38℃。摩尔多瓦人觉得太热了，他们很少有这样的天气。可这么热的天气就让江一舟撞上了，真是上苍的眷顾啊。

　　凌晨，院子里楼顶、树枝上喜鹊叽叽喳喳叫着，阳台的遮阳板上鸽子舒展翅膀，扑腾扑腾地飞来飞去，一缕晨光透过纱窗照到了床上，江一舟一夜无眠。时光飞逝，暑假妻子和儿子来摩尔多瓦探望江一舟。江一舟精心安排了他们的行程，走遍了基希讷乌的山山水水，品尝了基希讷乌的美食。四十多天一眨眼就过去了，江一舟绷紧的神经刚有点放松，不用担心明天有没有面包吃之类的问题，刚找回在家的感觉时，他们就得回去了。他们这一趟来得可不容易，申请来摩尔多瓦探亲手续之烦琐是别的国家不能比的。首先被邀请人得申请到摩尔多瓦国家移民局的邀请函，任何单位的邀请函都不行。要申请到摩尔多瓦国家移民局的邀请函，除了交钱，提供的材料比申请签证的还要多，而且只给你一个月时间，延期要再申请，再交钱，最长 3 个月。为了拿到摩尔多瓦国家移民局的邀请函，江一舟在当地人的陪同下跑了五趟移民局，交了三次钱，才拿到了邀请函。

　　昨晚送妻儿到基希讷乌机场，办理完托运，看着他们通过安检，江一舟一个人打车回到公寓时快 12 点了。人去楼空，他又是一个人了，看着妻子和儿子的照片，想着他们该到莫斯科了，回忆着下午还一起做饭吃饭，可现在屋子里空荡荡的，妻子儿子的欢声笑语也不在身边了。孤零零一个人，江一舟难以入睡。

> 鹊叫鸽飞曦透纱，
>
> 推窗探头迎朝霞。
>
> 送妻回国半夜归，

无眠辗转夜不明。

万里探夫蝶恋花，

青山溪水百花丛。

妻儿回府夫不还，

十里相送泪溅心。

三十六、幼儿园实习

"江教授您好，您这是去哪儿？"

"玛雅桑朵，您好，我去中心市场买菜。"

"江教授，您说的事我联系好了，您看什么时候您能去？我领您去。"

"这样吧，您让我想想，然后我给您发短信联系，好吗？"

放假了，江一舟晚上散步时碰到了摩尔多瓦国际语言学院国际部部长，玛雅桑朵女士领着孩子也在散步，在谈话中江一舟得知，她孩子所在的幼儿园假期想找一位汉语教师，有些孩子在学汉语，孩子非常渴望有汉语老师给他们上课。江一舟说他可以帮孩子们学习汉语，而且只做志愿人员，不要报酬。江一舟觉得放假了能做些有益的事是他一直想做的，既然有机会，何不去尝试一下？而且也是实地了解摩尔多瓦幼儿教育的好机会。

星期三的早晨，江一舟七点半就出了家门，他和玛雅桑朵部长说好了，8：15 在基希讷乌马戏团剧院前面的公共车站见面，然后她领江一舟去一所叫纳斯塔里斯的公立幼儿园。江一舟觉得早晨走走路可以锻炼身体，他就没坐车，走了半小时就到了基希讷乌马戏团剧院前面的车站。此时的气温已 30℃ 以上了，江一舟不停地擦着汗。已是八点一刻了，他东张西望地寻找玛雅桑朵部长，又过了 10 分钟，玛雅桑朵部长从车站后面的公路走了过来。玛雅桑朵部长开车，不到 10 分钟就到了幼儿园。

幼儿园坐落于树林中，面积不小，进了大门，两边是茂密的树木、花园、草坪和建筑风格不一、五彩缤纷的儿童活动场所，每个班都有自己的室外活动场所，一楼有室内游泳池，孩子们定期去游泳。江一舟跟着玛雅桑朵部长上了幼儿园主楼的三楼，直接来到了园长办公室。走到园长办公室门口，一股热气和刺鼻的香味往外喷，江一舟本来就不喜欢热，这一下子，脸上的汗水不停地往下滴，他站在园长办公室沙发跟前没有坐下，不停地擦着汗，办公室很凌乱，书柜、桌子上和窗台上到处放着杂志、书和废纸，有几盆花，也都耷拉着叶子，看来，园长刚上班，才把办公室的门打开，怪不得热气喷人。江一舟听着玛雅桑朵部长和园长用俄语谈他做志愿者给孩子们上课的事。园长 40 岁开外，身高 1.65 米左右，丰满得快要爆炸了，身穿花色的连衣裙，就像一个超大的水桶，尽管化过妆，嘴唇红得像在滴血，但脸上的皱褶还是很明显。她只讲俄语，不会英语。最后决定江一舟周一、三、四每天上午三节课，分别给三个班上课。等玛雅桑朵部长用英语和江一舟谈好后，江一舟就跟着一位老师来到了班上。先来到外间，是小朋友的更衣室，每位小朋友有一个柜子，将自己的鞋子和小包放进柜子，冬天将自己的外衣放进去，然后来到中间的教室，有小桌子、小椅子，一般情况下小朋友都是光着脚在地毯上活动，教室后面的房间就是卧室，每位小朋友都有自己固定的床。连接教室和卧室的过道一边是厨房，一边是洗手间。幼儿园的环境和条件都很好，而且是公立幼儿园，免费入园。

当江一舟走进教室时，孩子们一个个走到他面前，"你好！你好！"地问个不停，孩子们就会这一句汉语，多么可爱的孩子，年龄差不多就六七岁，一个个就像橱窗摆的布娃娃。江一舟用手示意孩子们坐下后，他也坐下，和孩子们一个个打招呼，说"早上好"。天气太热，江一舟拿毛巾不停地擦着汗，再加上语言不通，孩子们会俄语或罗马尼亚语，不会英语，江一舟组织活动只能靠肢体语言，好动的孩子们一节课就把江一舟折腾得够呛。三节课下来 T 恤后背都湿透了。

江一舟当了一辈子老师，还没给孩子们，特别是语言不通的孩子们上过课。他本想利用暑假做名志愿者，发挥点汉语教师的作用，另一方面，他想了解一下摩尔多瓦的幼儿教育情况，可没想到竟是如此不好做，就连班上的老师也不会说英语，更不要说汉语了。他陷入了前所未有的尴尬境地。

快十二点了，江一舟头顶烈日，快步地走出了纳斯塔里斯幼儿园。此时的街上热浪滚滚，即使在树荫下，气温也在 38℃左右，据摩尔多瓦天气预报讲，欧洲遭到了五百年一遇的热浪袭击。摩尔多瓦七月上旬 38℃以上的高温持续了一周，此天气很罕见。江一舟心里想，本想度过一个凉快的暑假，没想到五百年才一遇的欧洲热浪让他遇上了，也是幸事。

桑拿三日五百年，

基希讷乌汗洗脸。

平生翔云多眷顾，

又添晚霞照西山。

在和园长见面时，园长一再说有事直接找她，江一舟想，她不会讲英语，找她说什么？更糟糕的是幼儿园没有一位老师讲英语，玛雅桑朵小姐离开后，江一舟就没办法和任何人沟通了。当他组织孩子们的时候需要老师配合一下，这都做不到。当孩子们听不懂，不停乱动时，幼儿园的老师会大声呵斥，这让江一舟更头疼，因为这种现象是他最不愿意看到的。从幼儿园到江一舟的住处得走近五十分钟，他边走边擦汗，边想如何才能给孩子们上好课。

第二周了，江一舟如期到达纳斯塔里斯幼儿园，他问了三四位老师，没有人能告诉他在哪儿上课，他只好自己找，花了近 40 分钟，才找到了上课的班级，此时已是第二节课。他和孩子们一起学习汉语的数字，学唱汉语儿歌《世上只有妈妈好》。耐心很好的江一舟此时也烦了，尽管他做过小学学习策略研究，到英国剑桥地区和伯明翰地区观摩考察过幼儿园和小学，他感觉自己能胜任此工作，现在看起来理论研究和实际工作还是有很长的距离。另外由于语言障碍，他给孩子们上课时，班上的老师无所事事，很为难，不时地表现出尴尬和勉强。江一舟觉得是他影响了老师们的工作，是不是他的行为造成和这些老师抢饭碗的假象，使老师心里有压力了？江一舟觉得很过意不去，他开始打退堂鼓了。

欧洲遇到了百年不遇的热浪袭击，江一舟顶着烈日，挥汗如雨，坚持做志愿者，第三周了，他觉得不能再坚持了。下课了，他来到院子里，坐在树下的连椅上，看到小朋友们在老师的带领下做着各种活动，孩子们是那么的自由自在，老师组织孩子们也是得心应手。看得江一舟心里痒痒的，可他做不到，他不会罗马尼亚语。看来有时间的话还是要好好想想在语言不通的情况下如何进行幼儿教育的问题。于是他向玛雅桑朵部长说明了情况，他认为语言障碍不可忽视，他想静下心来，好好总结一下。请部长转告园长谢谢她接受他做志愿者，给他提供了解摩尔多瓦幼儿教育的机会。

东欧热浪漫过天，
大河走车不行船。
伏天依旧树木焦，
冠枯枝凋残叶飘。
达契亚人不惧热，
紫光秀裸风景好。

三十七、索洛卡城堡

　　虽说九月份了，但天气依然炎热，欧洲的热浪对摩尔多瓦的影响还是有的，基希讷乌街道两旁的很多七叶树都干枯了，枯焦的树叶早早地飘落了一地，有些树梢也干死了。但对摩尔多瓦人来说是好事，他们喜欢阳光。虽说摩尔多瓦是阳光之国，但摩尔多瓦人希望明媚阳光照射的时间更长一些，更主要的是摩尔多瓦人不怕晒。在摩尔多瓦没人打遮阳伞，即使站在太阳下摆地摊，也不打遮阳伞。七八月炎热的夏天，人们更喜欢在湖边的沙滩上尽情地享受着阳光。

　　摩尔多瓦在历史上饱受外国列强侵略之苦，在摩尔多瓦最北边的城市索洛卡有一座至今保存完好的军事防御工事就是最好的见证。很多人向江一舟介绍过索洛卡城堡，江一舟也很感兴趣。初冬了，天气比人们想象的要暖和一些，气温在零度以上，还没有结冰。如果不吹风的话，感觉还是很舒适的。早晨 8 点江一舟出了门，他和本地的一位学生约好了去索洛卡看古城堡，学生开着一辆罗马尼亚产的达契亚汽车，摩尔多瓦路况不好，严格限速，车子不紧不慢地行驶在摩尔多瓦北部的高速公路上。他们边走边享受着车上一直播放的摩尔多瓦民歌，由于限速，180 多千米跑了两个多小时，快 11 点了才到了索洛卡。索洛卡是摩尔多瓦北方重镇，扼守德涅斯特河渡口。德涅斯特河的东北河岸是乌克兰，西南河岸是摩尔多瓦。远远望去，宽阔、碧绿、清澈的德涅斯特河蜿蜒流淌，不时地泛起白色的浪花，在渡口周围，宽阔的滩涂水域有数不清的湿地野鸭觅食嬉闹。摩尔多瓦著名的索洛卡城堡就坐落在离渡口不到两百米的地方。目测城堡大约有 20 多米高，直径约 30 米，用石块修建而成。城堡大门处是一座方形的城堡，其余 4 个角是 4 个直径约 5 米多的圆形建筑。五座建筑由高高的城墙连接在一起，形成一座非常坚固的防御工事。每个圆形建筑物的上方像戴了一顶草帽，圆形的屋顶为守城的士兵遮风挡雨，扼守着四个方向，方形的建筑和四个圆形建筑形成对比，大门正对着德涅斯特河。

早期的索洛卡城堡是用木头修建的堡垒。后来在 15 世纪末，大约是斯特凡大公时期，才建成了石头的防御工事。最早的历史纪录可追溯到公元 1499 年 7 月。

索洛卡城堡的建筑设计充分体现了欧洲文艺复兴时期的建筑设计特点：布局十分均匀，完全对称的设计理念。要塞里有驻守官兵的生活区，粮食储藏室，军火库和两口水井。

在摩尔多瓦流传着有关索洛卡要塞的美好传说，大约在 15 世纪末，奥斯曼大军渡过德涅斯特河进攻索洛卡，索洛卡守城官兵奋起抵抗，但因寡不敌众，他们退守在城堡里。他们坚持了一个月，城堡里断粮缺水了，士气低落，眼看城堡就要被敌人攻破。就在这生死存亡的关键时刻，成百上千的鹳鸟口叼一串串葡萄掠城飞过，将葡萄投向了城中的官兵。守城官兵吃了葡萄后，士气大振，击败了围城的敌人，拯救了摩尔多瓦。鹳鸟是摩尔多瓦的国鸟，葡萄是摩尔多瓦主要的经济作物和摩尔多瓦人最喜爱的水果。

作为历史遗迹，索洛卡城堡可以和意大利的蒙特城堡、英国的昆伯勒城堡相媲美。

三十八、教学管理

转眼到了新学期，江一舟期盼着上课，不远万里来到摩尔多瓦，就是为了好好上课，多帮帮想学汉语的学生。听说 9 月 1 日上课，可 8 月 31 号了，没人通知几号上课、上什么课。特殊时期，孔院院长职位有变动，江一舟只能耐心地等通知。

晚饭后，江一舟走出了家门，来到了步行街上。太阳落山了，大街上的人们三三两两在散步。咖啡馆外面的摊位上仍然有人在喝咖啡，有的在抽阿拉伯水烟，烟壶上连着长长的管子，抽烟的人躺在连椅上拿着管子抽。他经常一个人在步行街上走走，可在基希讷乌大街上见到这种画面不容易。突然，电话铃响了。

"喂，江教授，我是办公室秘书，明天早上八点有你的课。"

"明天早上给谁上课？上什么课？"

"这学期学校给你排的是毕业班的专业课，英汉文学翻译和英汉口语翻译两门课。"

"毕业班有多少学生？上课有教材吗？有课程大纲吗？"

"多少学生我也说不清，明天您到班上就知道了，大纲有没有我不知道，教材你得自己找，学院没有教材。"

"明天早上八点上课，为什么现在才通知？"

"I don't know." 这是孔院秘书常说的一句话，关键时刻，这一句话让江一舟哑口无言。

江一舟考虑到是三年级毕业班的课，得好好准备、好好备课，不做充分的准备，他如何上好课？他认真考虑着如何向学生介绍中国文学。他得整理一些材料作为辅助教材，另外得查阅一些资料或到图书馆看看有没有这方面的书。可现在已经是晚上9点了，到哪儿去找材料？

江一舟还能说什么，他转身回家，打开电脑上网查这两门课的介绍，又翻箱倒柜寻找自己身边有关文学翻译的资料，尽管资料非常有限，但他心里还是有点底了。江一舟确实没办法认同学院的这种做法。新学期马上要开学了，怎么没人通知他上什么课？八月底了，快要上课了，江一舟什么都不知道。他还纳闷是否新学期没有他的课。明天上课，今天才通知他，难道摩尔多瓦的高校管理就是这样？他只能努力去适应。

摩尔多瓦国际语言学院英汉翻译专业只有一个班，共有十几位学生，究竟是多少？回答是"I don't know."孔院秘书就这样一次又一次地回答了江一舟提出的问题。江一舟只能耐着性子，自己慢慢了解。

第一天上课，江一舟信心百倍、满怀希望地走进了教室。教室本来就不大，就十五个座位。第一天上课只有九位学生按时到，还有几位学生没有到，没有人知道为什么。九名学生里，两名男生，七名女生，都是摩尔多瓦人，二十来岁。他们五位讲俄语，四位讲罗马尼亚语。江一舟认为，大学三年级了，汉语课必须讲汉语了。他先以正常语速用汉语做了自我介绍，有些学生好像不明白，他又慢速用汉语做了自我介绍，但学生好像还是没完全明白，他只好又用英语做了自我介绍。

江一舟没有想到学生是这种情况。摩尔多瓦大学三年级学生等同于国内大四的学生，马上要毕业了，连简单的汉语都听不懂，这哪是学了三年汉语的学生？他只能更加认真仔细备课、备学生了。他让同学们用汉语做自我介绍，此时他才知道，有的学生学了三年，有的学了两年，但有一个共同的经历，就是他们都去中国留过学，而且在中国留学都是半年以上或一年。这让江一舟百思不得其解，而有些学生连用汉语做简单的自我介绍都说不清，这哪是学过两三年汉语的毕业班？按照国家汉办/孔子学院总

夕阳还在山那边

部制定的《国际汉语教学通用课程大纲》的分级目标，他们处在一、二级目标水平上。更不可思议的是他们每个人都自我感觉良好，并没有意识到自己所处的位置，这让江一舟压力山大，他认识到了他面临的巨大挑战是如何帮助这些孩子先提高汉语水平。

围绕着提高学生们的汉语水平的目标，江一舟翻阅了摩尔多瓦孔子学院能借到的汉语教材，找到了北京语言大学出版社出版的《新实用汉语课本》和《赢在中国：商务汉语系列教程》《外研社国际汉语培训教材·卓越汉语系列》。这些教材也不齐全，有的只有一、二册，有的只有三、四册。他初来乍到，没有人告诉他老师的教材、学生的教材如何解决，就连国际语言学院的学生考勤表也不给老师，江一舟只能遇到什么问题自己想办法解决。他自己也带了一些纸质教材，但还是太有限了。于是他上网查找，下载编辑，拿到外面打印。尽可能地让学生们感兴趣，尽可能地照顾到学习好的学生和学习差的学生，让全班学生都能有所提高。为了约束学生，他自己印制了考勤表，摩尔多瓦的学生是很自由的，老师考勤他们根本不在乎。因为人少，不存在点名一说。江一舟这样做一来是自己心里有个数，二来也是想知道摩尔多瓦的学生出勤率怎么样，有数据好说话。

三十九、学院面面观

　　摩尔多瓦国际语言学院是一所民办大学，在摩尔多瓦口碑一般，那为什么还有不错的生源？原因就是"好进好出"。其他大学考不上的学生，来国际语言学院就能完成学业并拿到毕业证，只不过比其他大学花的时间长一点，在校的相应费用多一点，当然了，其文凭的含金量和学校在摩尔多瓦的排名应该是一致的。其实在摩尔多瓦人们都知道国际语言学院毕业的学生水平是什么样的，一般毕业于国际语言学院的学生不说自己是国际语言学院毕业的，但汉语专业的学生都说自己是摩尔多瓦国际语言学院毕业的。

　　校长茨兀·米哈伊年过七旬，身高 1.9 米左右，身宽体胖，国字脸，两条长长的白眉向外翘起，冷酷的眼神看起来很威严，不好打交道。他可能是年龄大了，以威取信，无非是想说明他是一校之长而已，横眉冷对的后面还是有非常人性化、善良的一面的。不过，在摩尔多瓦，校长茨兀·米哈伊的确是一位举足轻重的人物，年轻时干得风生水起，曾经在摩尔多瓦政府部门工作过，人脉关系遍布每个角落。现在经营着房地产、大型超市、农场和其他生意，在政界和商界是位非常有影响力的人物，而且是一位罗马尼亚民族情结很重的人。他只讲罗马尼亚语，并且要求和他讲话只能讲罗马尼亚语，不喜欢讲俄语的人。学校老师讲："我们的茨兀·米哈伊校长在摩尔多瓦打拼了一辈子，人脉遍布摩尔多瓦各行各业，根深蒂固，是一位非常了不起的人。"

　　孔子学院没有独立的财务，汉办审核通过了中方院长的项目经费预算

夕阳还在山那边

申请后，按照项目预算将款全部拨到合作院校的账户上。在项目运作时，中方院长须向校长申请拨款。这种财务管理模式在公办大学可能要好一些，而在民办的高校中，需要长时间的磨合，因此在工作中出现摩擦、矛盾是很正常的。而摩尔多瓦国际语言学院是一所私立学校，经费使用权在校长笔下，财务管理非常严格。茨兀·米哈伊认为摩尔多瓦国际语言学院是民办学校，那么中国汉办拨到语言学校的钱得由他负责。他认为不能花的钱谁也别想取走。财务主任向他负责，没有他的话，别想在财务室取得一分钱，即使他当你的面把字签了，你也取不到钱。特别是孔子学院成立初期的几年里，摩方和中方相互沟通不够，产生了不少误会，这样的话，孔院开展活动，经费就是最头疼的问题了。

国家汉办对摩尔多瓦孔子学院的支持是全方位的，从财力、人力到物力都大力支持。只要是为了孔院的发展，孔子学院的经费预算基本上一分不少，按时拨款到位。可摩尔多瓦的百分之五十何时到账，那就不好说了，得等校长发话。因此孔院搞活动不能及时结账是常有的事，校长高兴还好，能及时报账。校长不高兴，孔院就得求爷爷告奶奶，反复申请、交涉方能成功。就连孔院本土教师的工资有时也不能按时拿到，也得孔院和学校反复交涉。一般孔院搞活动先由老师或志愿者自己垫钱，然后得反复申请交涉才能报销。

虽然是民办学院，但给教师或工作人员发多少工资不是校长说了算的。摩尔多瓦的国家劳动法规定得很明确，有最低工资标准，而且校方和聘用人员之间有严格的契约关系，校方不敢随意解聘雇员或降低工资标准。但推迟发工资或扣发工资是常有的事，不过大多数年终会补齐的。比如孔院办公室秘书的工资由孔院发，也就是说由中方发，而且汉办是按孔院预算把秘书的工资提前拨到校方的。但校长就是不管孔院预算多少、汉办拨多少，他说了算，就按他说的发，听说孔院秘书只能领到汉办拨付工资的一半左右。其实茨兀·米哈伊校长所做的一切，大多数人还是能理解的，学院是由他负责的，他就是学校的大管家，老师们的工资、学校的房租、教学设备的购置维修、学校老师外出的差旅费，哪一样都得花钱。他把钱管得很紧，能省一点就省一点，花钱的地方很多。在某种意义上讲，孔子学院中方院长的主要工作就是预算、拨款、报账、决算。

为了支持摩尔多瓦孔子学院的工作，国家汉办从来没有削减过孔院的预算经费，而且孔院的预算经费一年比一年多。即使在预算经费增加了一倍多的情况下，汉办仍然按照孔院的预算如数拨付，预算经费的增加意味着孔院能开展更多的活动了，但国际语言学院财务部门还是找各种理由说孔院的经费不够。这样孔院的中方院长的主要精力就花在了申请、报销经费上。国际语言学院把孔院的经费看作是大学经费的一部分也是对的，毕竟各出百分之五十嘛，那孔子学院花的就是大学的钱了。

有一次江一舟刚下课往楼下走的时候碰见了一位中国小伙，名叫陈璞，在聊天的过程中陈璞问道："江教授，你知道吗？国际语言学院把你们孔子学院的经费当成了唐僧肉了，只要是和孔院能沾上边的活动或人都得有份。"

"陈璞，你是从哪儿听说的？很多事我们不了解，不能乱八卦。"

"你是刚来的，我到摩尔多瓦七八年了，我媳妇就是这所学校毕业的。"陈璞是来自中国西部省会城市的小伙子，一次偶然的机会，他认识了在中国学习汉语的摩尔多瓦姑娘艾米娜，艾米娜在中国学完汉语后就和陈璞结婚，两人来到了摩尔多瓦，做起了服装生意。他们半年在中国，半年在摩尔多瓦，生意还不错，自己买了房、车。陈璞在摩尔多瓦时偶尔去孔子学院看看中国老乡。

其实江一舟也听到过中方院长的抱怨，国际语言学院和孔院有关的管理人员都拿孔院的补助，可遇到困难时，从不向着孔院说话，还经常想方设法要花孔院的钱，这样校长和孔院中方院长有时候因为钱的事闹得不可开交。为了使孔院的工作正常开展，正常办公经费、活动经费都得校长签字。为了报销孔院的正常活动费用，就得一次又一次地跑财务办公室，跑校长办公室，耗费几乎全部的时间和精力，最后才给签字，实在太难为中方院长了。

江一舟听了这些话，他半信半疑，觉得孔院工作确实不好干。后来他才知道，前几任中方院长都是年轻的外语教师，一来缺乏行政工作经验，二来孔子学院中外双方共同管理的模式有许多地方需要磨合，他们能勇敢地挑起孔子学院中方院长这副重担，而且面对的是精明的资深商人、政府官员和有丰富办学经验的大学校长，工作起来不容易啊。特别是在经费使用方面，困难重重，搞教学的掣肘因素太多，谈何容易。

摩尔多瓦国际语言学院校长主要工作是外部事务，像跑政府、拉赞助、争取项目等，争取到政府的支持，他们办学就容易一些。摩尔多瓦是个小国家，经济不发达，要维持一所高校的正常运转，困难的确不少，光靠学费来维持学校的运转是远远不够的，除了精打细算，严格财务管理，还得四处跑跑，政府、企业是校长常去的地方。副校长兼教务主任主内，工作的重点当然是教学管理。由于副校长是外聘的，工作上一有不顺心就走人，跑到欧洲其他国家去了，这样就影响了学院教学质量，尽管老师们都很努力，但教师的流动性依然影响着教学。

每周星期四上午8点江一舟有课，按照国内教学管理制度，教师7：55必须站在教室门口，等8点按时进教室上课。一周有三四次8点钟的课，这对江一舟来说是最紧张的上午，7：50按时到4楼，他必须提前五分钟进教室。可让他受打击的是，4楼楼道的门紧锁，个别学生和老师眼巴巴地站在楼道中间。江一舟很是纳闷，这在中国可是严重的教学事故，整层楼的门不能按时开，这影响有多大？遇到这样的事，老师还有好心情上好课吗？学生又做何反应？但他能怎么样，只能入乡随俗，有时8点15才能开教室门。

上课时间到了，每个班的学生只能到一部分，既没有人查，也没有人过问，有时马上下课了学生才来，而且毫无歉意，因为在国际语言学院这种现象太正常了。作为一名中国老师如何处理？全校都这样，一个人能改变得了吗？江一舟想方设法帮没上课的学生把落下的课补上，虽然这只是老师的一厢情愿。这一节课的内容，不是一两句话能说清的，当老师想办法弥补损失，让缺课的学生把课堂上讲过的主要内容写下来时，学生会满不在乎地说："老师，没关系，我用手机拍下来就行了。"大学生都是成年人了，老师还有何话可说呢？

曾记得澳大利亚一所语言学校规定，中国学生的出勤率达不到90%以上就要遣返回国。中国学生据理力争，最终学校放弃了。摩尔多瓦大学教学管理是开放式的，只要学生的出勤率达到40%左右就有参加考试的资格了，这在中国就乱套了。中国老师得好好适应，没法设计系统教学，只能零敲碎打。今天上课的学生，明天有可能不来，老师想检查布置的作业，想复习、巩固一下上节课学过的内容都难，老师检查作业时，学生就不来了。不知道摩尔多瓦的老师是如何处理这些问题的。江一舟绞尽了脑汁，综合运用各种教学方法，深入浅出，总是鼓励学生，表扬学生取得的一点进步，但收效甚微。他需要努力去适应这一切，入乡随俗嘛。不过他得让学生也适应他，去了解一种不同的教学理念和管理方法，这是一个充满了挑战的过程，他得一步一步地去了解摩尔多瓦的教育理念和教育管理制度。冰冻三尺，非一日之寒，没有一两年时间恐怕了解不到什么。

他经常遇到的事，也是学校最普通的事就是学生迟到，这个迟到不是一般的上课迟到，而是开学一个月了才来上课，这是他最难处理的事。开学两个多月了，刚上课，一位江一舟没见过的金发女生走了进来，坐到了空位子上。同学们看到江一舟惊讶，忙解释说："她是我们班的学生。"江一舟纳闷，怎么会这样呢？两个月过去了才来上课，这怎么处理？他只是个上课的教师，他能怎样呢？他只能让她上课。江一舟走过去问道："你叫什么名字？"新来的学生看着江一舟，没有反应。江一舟又慢慢地问道；

"你叫什么名字？"新来的学生说："In English."江一舟只好说英语。新来的学生名叫安东尼娅，学过两年汉语，去中国留过半年学。可怜啊，"你叫什么名字"都听不懂，这两年汉语是怎么学的？还留过学。这对江一舟打击很大，他没法理解她两年的汉语是怎么学的，又是怎么能拿到国家汉办的奖学金去中国留学的。或许江一舟太死板了，太认真了。更有意思的是，开学两个多月了，上午上了四节课，刚一下课就有位学生走过来说：

"老师，您在这儿签个字。"这位学生名字叫安丽娜，曾做过孔院的秘书，在中国留过一年学。她手里拿着一张表，让他签字。

"安丽娜，这是什么？"江一舟问道。

"这是国际语言学院的一张表，要老师签字。"

"这表上的名字是谁？"

"是我们班的学生，她生孩子了，没来上课。"

"那我签字是要说明她上课了还是缺课了？"

"上课了。"

"她没来上课，我怎么能说她上课了？这样吧，安丽娜，你让她来上课。"

安丽娜再没说什么，扭头就走了。江一舟不知道做对了还是做错了，他觉得有些别扭。

第二周上课时，教室里又有了新面孔，江一舟一问才知道，这位就是生孩子没来上课的学生，名字叫迪娜，说自己现在就可以上课了，因为自己的孩子已经两个多月了。江一舟只能鼓励她继续学习，大半个学期没来上课，在国内就只能办理休学手续了，可国际语言学院的规定是旷课百分之五十以内者，百分之四十需要缴费，百分之十免费。按一节课 10 列伊缴费，交了费就可以参加考试，旷课百分之五十以上者就不能参加考试了。他作为一名任课教师能说什么？

第二天下了课，迪娜走到江一舟跟前，拿出了前面江一舟看过的表要江一舟签字，并说这是国际语言学院的表格，言下之意是和孔院没关系，她说其他课程的老师都签了。

"迪娜，这样吧，你把你上了两节课的时间写在表格里。"迪娜很不高兴地在两个空格里填上了上课日期，江一舟就签了字。江一舟心里想，这老师当得，学生让你签，你就得签，学校没有人和你沟通或告诉你这是怎么回事。对江一舟来说，上好课是他最大的愿望，但学生的学习态度和自我认知能力以及学院的教学管理制度让他不知所措。

> 青天烈日万里空，
> 热浪三尺雾锁城。
> 立秋将至暑不清，
> 一书一茶一三伏。

四十、反腐之路

　　已经是九月中旬了，天气依然很热，白天火辣辣的太阳能烫伤皮肤。今天还好，上午天灰蒙蒙的，浮云很浓，好像天阴着。江一舟从窗户向远处望去，雾气萦绕，能见度很低，看不到五十米之外。基希讷乌雾天不多，特别是像今天的大雾更是难得一见。快立秋了，基希讷乌还有多少秋老虎要出来？

　　江一舟吃完晚饭，趁天色还早，走出了家门到街上转转。在国内他习惯晚饭后散散步，缓解一下工作压力，放松一下自己。他走了约二十分钟，来到了市中心公园。他想找个连椅坐坐，可公园里几十条连椅上都有人。平时没有这么多的人，他再往里面走，公园中间、教堂前面的空地上，人们三个一群、五个一伙在说着什么。江一舟顺着公园中间的台阶来到了凯旋门下。凯旋门周围站满了人，他朝凯旋门对面的中央政府大楼看去，政府门前的广场上搭建起了一个不大的舞台，大约有十几平方米。舞台的上方有一条横幅，横幅上用罗马尼亚语写着"尊严与正义"。舞台上有人在演讲，江一舟听不出是罗马尼亚语还是俄语，演讲的人很激动，舞台下面站了很多人，他们不停地呐喊助威。江一舟停住了脚步，好奇地东张西望，想找一点能使他明白一点的线索，可一无所有，他只能看看而已。他只好转身往回走。

　　"喂，您好，您怎么在这儿？"

　　"我出来走走。"江一舟一看，是他的邻居，摩尔多瓦科技大学的老师，能讲英语。江一舟经常碰见他在楼下的单元门口抽烟，和他打过招呼，相互问候一下，曾做过简单介绍，这样就算认识了吧。况且他住二楼，江一舟住三楼，是真正的邻居。

"请问一下，他们在干什么？"江一舟困惑地问道。

"他们在抗议政府腐败，在反对腐败。"

"摩尔多瓦政府发生腐败案子了？"

"是啊，摩尔多瓦政府的十亿美元不翼而飞了，没有人知道钱到哪里去了，所以人民不答应了。"

原来如此，江一舟又转过头来向政府大楼看去，在舞台的两边，人们搭起了一个又一个的帐篷，把政府大楼前的广场占了。周围有不少警察在巡逻，政府大楼门前有警察把守。

时间很快，一晃两周过去了，摩尔多瓦人民的反腐抗议还在进行中。周末举行全国大游行，各个地区都来了人，他们都在基希讷乌集合，然后在政府大楼门前集会，听代表演说，演讲结束后，人们沿着斯特凡大公大街走一圈。随着时间的推移，帐篷搭建得越来越多，人们反腐的决心越来越坚定。到了第三周，周末抗议活动扩大到了摩尔多瓦议会大楼前。

摩尔多瓦议会大楼在基希讷乌市里还是很有特点的建筑，一座半圆形、11层高的现代大楼坐落在基希讷乌中心公园的左边。大楼离人行道有100多米之远，大楼前面是半圆形的花园，花园两侧有几十棵十几米高的雪松，花园中间高高的旗杆上飘扬着摩尔多瓦国旗。大楼正门上方悬挂着一面很大的摩尔多瓦的国徽。摩尔多瓦国徽为一只鹰，嘴叼着金色十字架，两爪握着橄榄枝和权杖。鹰胸前的盾面上红、下蓝，绘有一个黄色的公牛头，公牛头上端为一颗八角星，公牛头左右两侧分别为一朵五瓣鲜花和一弯新月。

议会大楼前面、临街的人行道上也搭建了一个舞台，上面摆放了麦克风、电视以及扩音设备，舞台的两边搭满了帐篷，有办公用的，当然大多数是单人帐篷，花花绿绿的，一排一排的很整齐，每个帐篷上都写有人名。

在帐篷的边上有炊事车，有厨师做饭。有烧水炉，有送的饮用水，看来抗议的人们要安营扎寨，准备长期抗议。一个多月过去了，天气也凉了，可抗议还在继续，规模有增无减。摩尔多瓦人在为自己讨回公道，在为自己的尊严和人类的正义而抗争。最有意思的是他们把四个他们认为应该下台、应该对贪腐负责的人的头像贴在板子上，让人们扎，扎得面目全非时，换一张再扎，以此来表达人们对腐败和渎职的愤怒和零容忍。

抗议活动进行了五十多天了，除了每天在政府大楼和国家议会大楼前演讲外，每个周末都要举行浩浩荡荡的游行。人们就这样表达着他们的心声，伸张着正义。在游行时有些路段警察会戒严，车辆绕行。抗议的队伍就在市中心，可交通没有受到影响，各路交通车按时按点运行在各自的线路上，各行各业按部就班地运转着，市场里依然熙熙攘攘，货物非常丰富，时令蔬菜水果不断地上市，老百姓的生活没有受到丝毫的影响，更没有像打、砸、抢这一类暴力事件发生。江一舟非常敬佩摩尔多瓦的国民素质。

不过对江一舟来说，他喜欢走在政府大楼和议会大楼后面的步行街上，人少车少，可由于抗议活动他再没有去那条街了，他只是远远地看看。并不是他担心什么，也没有什么人阻止他，抗议会场任何人都可以自由出入，没有什么限制。警察站得远远的做警卫工作。只不过他听不懂他们在说什么，即使让他站在舞台上也一样，听不懂，没意思。摩尔多瓦人的事，就让摩尔多瓦人自己解决吧，他们会解决好的。

四十一、国庆招待会

　　快到金秋十月，由于基希讷乌夏天没下几场雨，天气异常炎热，一些七叶树的树梢和树叶都枯黄了。但基希讷乌地下水丰富，地面的植被没有受到任何影响，到处绿茵郁郁，没有一点秋天的迹象。一些人仍着夏装，T恤、短裤，好像夏天还没有过够一样。

　　江一舟接到通知，中国驻摩尔多瓦大使馆要在明天举行"庆祝中华人民共和国成立六十六周年"招待会。孔院秘书通知全体教师下午两点到学校集合。江一舟两点按时到了学校，可孔院没有人。他打电话问秘书，秘书说改在下午三点了。改在三点了不提前通知一下，江一舟大老远过来，没地方去，哎，只能在教学楼一楼的大厅等候了。三点过了，江一舟看到孔院的志愿者都从教学楼上下来了。原来她们之前在化妆打扮自己，女孩子穿旗袍，得画个像样的妆。在盛大的国庆招待会上一定要展现自信，展示中国服饰文化。她们展现的不光是她们自己，更是中国服饰文化的一道亮丽的风景线。

　　江一舟按照使馆给的地址打车来到了 Casa Sarbatorii 饭店。出租车司机也不是很熟悉地址，他问了两位门卫人员才找到了 Casa Sarbatorii 饭店。它位于磨坊谷公园后面，江一舟从车窗里看过去，是一幢不起眼的白色建筑。正面是三角形的屋顶，三角形的屋顶下面是大门，大门两边各有三格十五块蓝色的玻璃墙，大门的正上方有一个大椭圆形，里面写着两行字，第一行 Casa，第二行 Sarbatorii。在建筑物的右前方有三座大理石的人物雕像，中间是列宁，身着马甲、系着领带，敞开着西服，左脚向前迈出，左手伸开，手指放在腰间，眉头紧锁看着前方。列宁雕像的左边是马克思的大理石头像，右边是恩格斯的大理石头像。雕像的背后是一面红色大理石墙，墙上方中央是摩尔多瓦的国徽，两边是罗马尼亚语和俄语，应该是"光荣榜"或"功德榜"，墙面是用来张贴对国家和人民做出贡献的英雄人物的照片的。当然，那都是苏联时期的事，现在墙面上什么也没有，已经很长时间没有使用了。但大理石的伟人雕像和红墙依然屹立在那儿，接受着时光的洗礼。

　　江一舟付了费，下了车，来到了 Casa Sarbatorii 饭店大门口，跨上了十几级台阶，来到了前厅，前厅是接待室，宽敞明亮，靠窗户左右两边摆有沙发，再往里有休息室和更衣室。在前厅中间摆了几张桌子，上面整整齐齐摆着好几摞书、小册子和光盘，全是俄文、英文、法文等文字的有关中国文化的介绍，这些都是使馆给来的客人准备的礼物。前厅的左边是进入宴会大厅的通道，宴会大厅布置得很讲究。一进大厅，左手边是几十块展板，上面是祖国的锦绣山河和一些风土人情、节日的照片。宴会厅的正前方是主席台，鲜红的背景上是金黄色的节日礼花和金瓦红墙的天安门城楼、金色长城、金色天坛。中间白底黑字，用中英文写着"庆祝中华人民共和国成立六十六周年"。主席台的右前边是摩尔多瓦共和国的国旗，左边是中华人民共和国的国旗。主席台的中间是鲜花簇拥的讲话席。宴会厅的中央是餐桌，两边是自助餐台。

　　江一舟和孔院的老师、志愿者们在大使馆教育秘书、教育参赞和办公室主任的指导下忙活了一阵子，对会场的每一部分进行检查整理，力求做到万无一失。六点了，邀请的客人都到了，除了外宾和一些对华友好人士以外，在摩尔多瓦的华人都来了，有华为公司、中信公司、联想公司的人，还有个别在摩尔多瓦自己开公司的人。招待会开始了，中华人民共和国驻摩尔多瓦共和国大使张先生致辞，摩尔多瓦议会副议长尼古拉先生致辞。招待会在欢快祥和的气氛中进行着。

七点多了，江一舟看到有些宾客准备离开，他就走到前厅，和志愿者一起把宾客选的书和光盘装袋，让他们带走。到了八点多，客人们都走得差不多了，书和光盘也送没了。江一舟和志愿者一看没什么可做的，就离开了 Casa Sarbatorii 饭店，沿着磨坊谷公园走到普希金大街上，趁着月色快步回到了公寓。

　　天气依然炎热，只有到了太阳下山，夜幕降临，人们才能感到一丝的凉意，才意识到已中秋了。树上的枯叶不时地随风飘落，在基希讷乌市的好几条街道两旁都是高大的七叶树，树下和板栗一样的果实撒得到处都是，摩尔多瓦人不食用此果。带刺的果球裂开，栗油油地发亮，里面有一到两个坚果，栗色的坚果有的和核桃一样大，看起来很诱人。七叶树是无患子目七叶树科七叶树属聚伞圆锥花序组落叶乔木，七叶树种子可食用，但直接吃味道苦涩，用碱水煮后方可食用，味如板栗，也可提取淀粉。七叶树木材细密，可制造各种器具，种子可作药用，榨油可制造肥皂。七叶树树形优美，花大秀丽，果形奇特，是观叶、观花、观果不可多得的树种，为世界著名的观赏树种之一。今年由于气温高，再加上少雨，很多七叶树受到伤害，树顶的叶子早早就干枯了，但果实好像受影响不大。刺球掉到地上裂开，坚果一个个很饱满，在树下铺了一地。没有人捡拾，最后只能腐烂掉。

　　明天就是中秋了，国内的同事朋友们正忙于安排七天长假，大家的安排五花八门，其中就是没有中秋赏月一项。尽管传统文化和信息化社会有时显得不协调，但传承中华优秀传统文化是每位海外华人的心愿。

　　天气到晚上慢慢变凉了，树下的落叶铺得厚厚的，踩在上面就像新买的地毯，软软的。江一舟喜欢秋天，秋天会慢慢沉淀夏天的浮躁，秋天会让整个世界静下来，而且是慢慢地进入冬天。初冬的夜晚，人们会觉得气温骤降，有些人还没有反应过来，就已经是冬天了。抬头望去，一轮圆月晶莹剔透，像一盆冰悬挂在空中。一些树已经光秃秃的，一片树叶也没有

夕阳还在山那边

剩下，展示着枝干的英姿。人们早早地回到家里，闭上屋门。街上比夏天冷清多了，露天的啤酒摊位都消失了。

冰月寒光照，
叶落秀枝俏。
车马悄无声，
万户紧闭门。

这几天江一舟一直在考虑如何给学生介绍中国的传统节日"中秋节"。为了配合讲中秋节，他已经给学生介绍了中国的二十四节气、嫦娥奔月的故事。他制作了PPT，下载了不少资料和照片，眼花缭乱的。江一舟保存了文件，关了机，摘下了眼镜，站起来，伸伸懒腰。"走，出去转转。"江一舟自言自语道。

四十二、巧遇张氏二兄弟

星期五的下午，可能是快到周末的原因吧，人行道上的人比平时多。江一舟走在斯特凡大公大街上，目不斜视，心里还在完善他刚做的PPT。突然，他听到有人喊"哎！"江一舟不经意扭头一看，离他不远处有两位黑头发黄皮肤的亚洲人，一位身高有1.75米以上，年龄在60岁左右，身穿黑色春秋装。另一位矮点，年龄40多岁，穿米黄色休闲裤、绿黄大方格短袖衬衣，留着分头。

"您是中国人吗？"小个子笑眯眯地问江一舟。江一舟马上反应过来，这人是在喊他。

"是，我是中国人。能帮你什么忙吗？"

"哎呀，我一看你就是中国人，太高兴了。我们正发愁呢，没有人帮我们。"

"那你们遇到什么麻烦了吗？说吧，看我能不能帮你们。"江一舟心想，在摩尔多瓦中国人不多，出门在外不容易，他们俩要是遇到什么麻烦就帮一把。

"我们找个地方说，要不这样，我们找个地儿去吃饭。"个高的说道。

江一舟纳闷，他们是什么人？到摩尔多瓦干什么？他们遇到了什么麻烦》于是江一舟把他们两个叫到人行道里面不影响行人的地方，问道：

"你们从哪儿来？来摩尔多瓦有什么事？遇到什么麻烦啦？"

"我们是香港人，你看。"个矮的从包里拿出了他们俩的护照，递到了江一舟面前。江一舟一看，是中华人民共和国香港特别行政区的护照，两

夕阳还在山那边

人的包里还有很多资料。江一舟想，这怎么办？站在人行道上不是个办法。情况不明，怎么能随便一起吃饭呢？但这两人如果真的遇到麻烦了，他得看看能不能帮帮忙。他只好说：

"这样吧，到我的公寓坐坐，看看有什么我可以帮你们的，这儿说话不方便。"

原来这两人是兄弟俩，是土生土长的天津人，在1997年香港回归前，在香港的父母就让他们也移居到香港，这样他们就有了香港的身份。他们是游泳教练，而且在天津、香港、东京都有房产。他们把证件一一拿出来给江一舟看，并讲了他们如何购得日本东京的房产，他们天津、香港的房产又如何如何，一句话，他们很有钱。此时他们已经改口称江一舟为"老哥"了。

"那我能帮你们做什么呢？"

"帮我弟找个对象，他年龄大了，想找个摩尔多瓦人做妻子。"年长的说道。

"那你们会讲哪种语言？会俄语、罗马尼亚语或英语吗？"

"不会，我们有翻译机，这东西可好使了。"这让江一舟大吃一惊。江一舟也好奇，是什么翻译软件竟如此神奇？江一舟一看，他们下载的是谷歌翻译软件。他们把翻译软件运用到谈恋爱、找对象上，充分体现了翻译软件的价值。

"有人告诉我们，乌克兰美女很多，我们去了乌克兰，可香港护照在乌克兰免签15天，马上要到期了。我们一看乌克兰旁边有个国家叫摩尔多瓦，女孩长得和乌克兰美女一样漂亮，但人很穷，而且香港签证免签3个月，所以我们就坐火车过来了。"

"老哥，只要这事你帮成了，我请您去日本，去香港。现在人都在想方设法挣钱嘛。您是老师，您可不知道，自己干赚钱可快了，不行的话，我请您去日本办学。"弟兄俩你一言我一语，给江一舟许诺这，许诺那，真是许不下骆驼就许羊。江一舟有点后悔了，怎么把这样的人带到家里来

四十二、巧遇张氏二兄弟

了？不过又一想，都是中国人，在异国他乡能帮他们做点什么就做点什么。

"那你打算找什么样的女朋友？将来有什么打算？"

"漂亮的。"弟弟说。

"我弟年龄40多了，找个30岁以上，能生上一男半女的。她愿意去香港就去香港，不愿意，我们就在这儿买个商店。这儿生活成本不是很高，有个商店养家糊口没问题。"哥哥说的话听起来还挺有道理。

"你们不会俄语或罗马尼亚语，怎么和人家谈？"

"这不有翻译机吗，要不行我们可以请翻译，花不了多少钱。"

谈情说爱、成家过日子，能请翻译吗？江一舟还是第一次听说请翻译谈恋爱。江一舟心里想，这能说明白吗？这不是帮忙，这是在添乱。没有必要浪费时间，赶快让他们走吧。

"这样吧，让我想想，也打听打听，看有没有合乎你们要求的。你们有什么联系方式？有微信、QQ或邮箱吗？

"我们有手机，打电话方便，那些玩意我们都不用。"江一舟觉得他们倒是爽快人。

"好吧，来，我给你弟拍张照片，万一有人想了解的话，就让他们先看照片。"于是江一舟拿起了iPad。

"哇，这么大的相机！"江一舟听说过土鳖，在书上、报纸上读到过土鳖，可他从来没和土鳖打过交道，这下让他实实在在地见到了，也体验到了什么是土鳖。

星期五了，江一舟刚从学校回到家里，电话铃响了，他放下包，刚要接电话，电话断了。江一舟心里纳闷，这是谁呀？铃声响两下就挂了。他一看电话号码，不认识。他就没理睬，回到卧室换了衣服，此时电话铃又响了，江一舟赶紧拿起电话，电话又不响了。这是谁？骚扰电话？他仔细看了一下电话号码，是摩尔多瓦的号码，再和桌子上的几个电话号码一对，这不是张氏兄弟的电话号码吗？会不会有什么急事？江一舟很快拨了回去。

"喂，张老板，有什么事吗？"

"没什么事，就是问问有没有人愿意跟我们香港人谈恋爱，我们有钱，可以在基希讷乌买房。"

"张老板，是这样的，你们走后我想了想，觉得这事很不靠谱，语言不通，怎么谈朋友？找朋友不是买东西，有钱就行，我建议你们还是回去在香港或内地找个对象，踏踏实实过日子去吧。"

"我们有钱呀！"

"是啊，你们是有钱，可有些东西是拿钱买不到的，人们的真实情感是拿钱买不到的。有人认为钱可以解决一切，那他们就错了，有很多事是拿钱解决不了的。我劝你们还是早点回去吧，你们也了解了，摩尔多瓦美女很多，但她们都希望找到真爱，起码是能说到一起的。语言不通怎么交流？找对象不是找钱呀，你们做点靠谱的事，回去吧，我无能为力，帮不了你们什么。"

"这样吧，您领我们去学校，你们大学女生很多，还有学汉语的学生，让我们见见面。"

"学校是老师教书、学生学习的地方，我怎么能领你们去学校？好了，就这样了。"

江一舟听着又可气又可笑，看来他们俩也没闲着，都打听到国际语言学院有学习汉语的女生了。在异国他乡、万里之外，居然碰到了国内想都想不到的事，江一舟把电话挂了。

第二天是周末，江一舟起得很晚，快8点了，他才磨磨蹭蹭地起来。早餐后，收拾好屋子，他准备上一会网，电脑还没打开，电话铃响了，江一舟一看，又是张氏兄弟，响两下，挂了，过一会儿又响了。江一舟心想，等我回拨啊？这是在玩什么游戏？土豪一个电话还要对方打过去。江一舟知道了是谁打的电话，也知道他帮不了张氏兄弟什么忙，就放下了电话，去厨房做饭。

江一舟吃完饭，收拾完厨房，打开了电视。他每天都要看一会儿新闻报道。网络电视频道很多，主要有俄罗斯电视台、罗马尼亚电视台、法国电视台、土耳其电视台、美国电视台、英国电视台、半岛电视台、欧洲新闻台和摩尔多瓦国家和地方台，一共有一百五十多个台，节目内容从新闻、影视、科技、教育、商业、体育到娱乐、少儿卡通、动物世界，应有尽有。江一舟一会儿看看欧洲新闻节目，一会儿看看教育节目，看看历史片，听不懂，看画面而已。刚打开电视，还没坐到沙发上，电话铃又响了，江一舟拿起电话一看，又是张氏兄弟打过来的。他没有接也没有挂。铃声响了两下又不响了。江一舟坐下看电视，不一会儿铃声又响了，这一次可不是响两下，江一舟没办法，就接了电话。

"喂，张老板，有什么事吗？"

"江教授，这不周末吗，您不上课，我们想请您吃饭。"

"张老板，抱歉，我今天有事，谢谢。"

"要不我们把饭买好，拿到你家里吃？"

"张老板，我今天要出去，不在家。你有什么事就现在说。"

"江教授，您看能不能再帮我们找找，我们有钱，可以在当地买商店，买房子。"江一舟才知道他们还不死心。

"张老板，在这儿买房的条件之一就是能流利地讲罗马尼亚语、俄语或英语，你们会俄语、罗马尼亚语，还是会英语？你们还是回去吧，你们有钱到老家天津或香港去找个合适的，踏踏实实地去过日子不好吗？别在这儿浪费时间了。"

中秋奇遇，花了半个月时间才算了结。江一舟越来越困惑，人为什么是如此不同？造物主给不同肤色、不同人种、不同区域的人们造了一样的大脑，可人们使用大脑的频率和方向总是不一样，这样就造成了人们思想的千差万别。难怪人们常说，世界之大，无奇不有。人生一世就那么短短的几十年，能经历多少呢？

四十三、取鱼刺

"心想事成"是中国人常说的一句祝福语，希望人们能实现自己的梦想。江一舟自有了一次难忘的经历后，经常暗笑自己太有趣了。别人实现的是好事，而自己实现的却是不好的事。

江一舟平时喜欢吃鱼，摩尔多瓦也没有什么有特色的鱼，虽然冻鱼很多，他不知道如何烹饪。他只能因陋就简，买自己熟悉的、能做的鱼。因此他从市场上买回了鲫鱼。一个人嘛，一次做一条三四两的鱼就够了。他最拿手的就是清蒸鲫鱼，一条香喷喷的清蒸鲫鱼摆到了餐桌上。闻着香气四溢的鱼，江一舟心里想，这一辈子爱吃鱼，也从来没有被鱼刺卡过，现在在异国他乡，可千万不能卡鱼刺。在国内就医方便，没有语言障碍，可这儿找个医院看病就不容易，问题是要找会讲英语的大夫。

江一舟吃了半碗米饭时，就觉得嗓子左边有什么东西，他吃了几口菜，就觉得好一点了。不会吧，真的有鱼刺卡在嗓子里了？他继续把半碗米饭吃完，觉得没什么，就收拾洗碗。一切收拾停当，他坐在沙发上喝了口茶，喝完茶觉得嗓子里还是不舒服，他拿起镜子看，看不到什么，可嗓子里就是有东西。这是他这辈子第一次嗓子如此的不舒服。江一舟公寓楼下就有一家牙科诊所，从规模和条件来看还不错。江一舟心里想，让牙科大夫看看，应该能行，如果有鱼刺，他们也能取出来。于是他来到了楼下的牙科诊所，向前台的工作人员，一位看起来四十多岁、微胖的欧洲女人咨询：

"Good afternoon, I am not feeling well, I am afraid something in my throat, I want to see the doctor and help me to take it out."

"That is ok. Please take a seat." 说完，她就走到里面去了，江一舟就坐在前台旁边的沙发上。不一会儿，她出来对江一舟说：

"Ten minutes." 等十分钟，等吧，只要能检查就行。十分钟真难熬，满屋子全是俄语和罗马尼亚语的宣传材料，没有一样他能看懂的。就在这时，江一舟的手机响了。

"喂，江老师，我已到你们楼下了。"江一舟原本和另外一位公派教师约好了下午出去走走。

"于老师，我就在楼下的牙科医院。"

"怎么了？跑医院干什么？"

"于老师，我嗓子里可能卡鱼刺了。"

"什么？卡鱼刺了？那得取出来，不取后果会很严重的。"

此时，一位身穿白大褂的医生走了出来，让江一舟跟他进去，江一舟跟着进了牙科的治疗室。牙科大夫先向江一舟做了自我介绍，又问江一舟是从哪儿来的，先放松了一下，然后让江一舟躺在治疗床上，问道：

"What can I do for your teeth?"

"No any problem on my teeth, I am afraid there is a fish bone in my throat." 江一舟此时才明白前台的护士压根就没明白他说的。于是大夫就让江一舟张开嘴，大概看了一下，就说：

"Sorry, I can't help you."

"Thank you for your examination, I will go to see a doctor in other hospital." 江一舟说完就要走。

"Wait a minute, I will tell where you will go, I will introduce you to a doctor who can speak English." 说着大夫来到了前台，开始翻电话本，又打电话问。江一舟心想必不了，可人家的好意他又不好拒绝，前面等得就够烦了，这不还得继续等。牙科大夫给江一舟写了一个地址，并详细告诉江一舟怎么找这位大夫。江一舟拿上纸条，表示感谢后赶紧离开了牙科医院。此时可能有些紧张，嗓子没什么感觉，他想，别找大夫了，让鱼刺自己化吧。于老师见此，忙说一定得去医院看医生，并告诉江一舟，他国内的一个同事也是卡了鱼刺没在乎，后来做了大手术，千万不能马虎。

于是他们俩去了附近的一家规模不太大的医院。他们俩进去时，整栋楼里面好像一个人都没有。就在他们准备离开时，有位老人出现了，由于语言不通问题，他指了指一个牌子，他们一看明白了，星期天休息，没大夫。像这样的小医院他们去了三家都没人，好清静。怎么办？去大医院。于是他们想到他们曾去过的玫瑰谷前面有一家大医院，大医院应该有急诊，过去看大夫没问题，然后还可以去玫瑰湖玩，于是他们直奔曾经在里面转过的大医院。医院很大，有好几栋楼房，尽管楼门前写有什么科室，可他们看不懂，要问也不容易。他们看到一栋楼里有人出出进进，他们想过去问问再说。可走到跟前看到的都是有丈夫或妈妈陪着的孕妇，他们觉得不对，就询问一位看起来像医生的中年妇女，可她不会英语，只做了一个大肚子的手势。他们这就明白了，这里不是产科就是妇科。他们赶紧走到院子里，这如何是好？这么几栋楼有没有内科或急诊科，得问问才能知道，不能瞎撞了。正在危难之际，一对年轻夫妇走了过来，万幸，他们都会说英语。当听说了他们的来意时，他们俩差点笑出了声。

原来这是基希讷乌最大的一家产科医院，没有其他科室。夫妻俩告诉他们去基希讷乌急诊医院，还告诉他们坐公交车不方便，打的去吧。他们感谢之后便离开了产科医院。他们没坐出租，不是怕花钱，而是他们说不清地址。看来今天玩不成了，他们准备去办居住证的指定体检医院，那儿应该没问题。他们俩坐车很快就到了医院，医院门开着，一楼几间屋子里灯也亮着，看来应该有值班医生。他们找了几个房间都没人。一楼右边应该是内科，他们办理摩尔多瓦居住证时曾在一楼做过体检。江一舟推开内科的楼门，发现房间门全锁着，没有医生上班。这时，一位穿着白大褂的女孩从大厅的小卖部出来了，江一舟急忙走上去说明来意，可那女孩只笑，不说话。江一舟就明白了，她听不懂英语。怎么办？这座医院在基希讷乌也算是大医院了，而且是公立医院，周末应该有医生值班。就在他们不知所措时，从楼上下来了一位女士，手里拎着白大褂，好像刚换了衣服。此时，楼道值班人员也过来了。

"Excuse me, I am afraid there is something, maybe a fish bone in my throat. I need to see a doctor."

这位女士似乎明白了，但她没有马上回答，过了一会儿说：

"There is no any doctor here for weekend, I am sorry I couldn't help you."

"Could you tell me where the nearest hospital or emergency department is? "

这位大夫仍然不回答，她一边考虑如何用英语回答，一边和值班人员还有那位女孩说了些什么，然后就对江一舟说：

"You'd better go to the Chisinau emergency hospital."

说话间又来了一对年轻夫妇。在他们得知事情缘由后，就用英语告诉江一舟，离这所医院不远处有一家医院，周末有医生值班，并向在场的医生和另外几位征求了意见，他们都点头，女孩怕江一舟记不住或记错医院名字，就从衣兜里掏出纸和笔，把医院的名字和下车的地点写在了上面交给了江一舟，并走出医院给江一舟指路。摩尔多瓦人的友好使江一舟很感动，他们离开了公立医院，向西北方向走了 100 米向左拐，按照女孩说的，他们来到了小面包车的乘车点，等 133 路面包车。

中型面包车在摩尔多瓦是主要的交通运输工具，布满了基希讷乌的大街小巷。基本上由俄罗斯裔摩尔多瓦人经营，上车 3 列伊，按运营路线走，不管乘客在哪儿下车。上车直接把钱交给司机，没有售票员。等了大约有十分钟，133 路面包车来了。江一舟快速上了车，面包车的 10 个座位上坐满了乘客，江一舟只好站在过道里，过道里还站着几位年轻人。在摩尔多瓦上车让座是每个人的习惯，站着的肯定是年轻人。车向前开了几站路，江一舟有点担心坐过站了，于是他抱着碰运气的想法，拿出了医院里那位女孩给的纸条，让他身边的小伙看，小伙看了后说，等会儿一拐弯就到了，这和医院里的女孩说的是一致的，他很高兴，因为小伙可以说英语。说话间车拐弯停下了，江一舟和几位乘客一起下了车。

他抬头一看，右边不到 30 米就是他们在找的医院。医院很大，主楼是一座九层高的大楼，两边是副楼和医院的其他功能楼，从外面看楼有些旧，进到楼里很干净，一楼左边有咨询室和一间图书室，图书室旁边是一间餐厅，经营各式面包和咖啡，正面是药房，楼道就在药房和餐厅之间。江一舟走到咨询室的窗口，里面坐着一位年龄在 50 岁以上的女士，正在低着头戴着老花镜看着什么。

"Excuse me, madam, would you mind telling me where I can see the doctor? I am not feeling well, I am afraid that there is fish bone in my throat."

江一舟一边用英语说，一边用手指着嗓子说明来意。刚开始，咨询大夫没有反应。江一舟想转身再找人时，咨询大夫说："Patru."江一舟明白了，咨询大夫让他去四楼。Patru 是罗马尼亚语四的意思。江一舟看到楼梯就上，也没管有没有电梯。医院大楼是有些老旧了，但楼内干净明亮，窗台上摆满了各种植物花卉，营造了一种温馨的氛围。江一舟很快到了四楼，楼道右边有几位像是看病的患者，他们好像在等什么。左边是治疗室，江一舟直接走向治疗室，治疗室门口刚好有位年轻大夫往外走。

"Excuse me, sir. I want to see a doctor."

"What's wrong with you？"年轻医生问道。

"I am afraid there is a fish bone in my throat."

年轻医生听完，没说什么，转身指着楼道里面笑着示意。江一舟转身一看，不到 10 米远的地方有一位有点微胖、年约 50 开外的先生，他正在打电话。打电话的医生知道江一舟找他看病，就指着门口的连椅示意江一舟先坐下。不一会儿，医生打完了电话，就走过来问江一舟，医生讲的是俄语，江一舟听不懂，他就指着嗓子，医生马上明白了，就领江一舟进了

四
十
二
、
取
鱼
刺

治疗室。在医生洗手、消毒、戴手套时，一位年轻小伙让江一舟坐在手术床上，从工作配合上来看，是这位医生的助手。江一舟用英语告诉这位年轻的医生，他嗓子里可能有鱼刺。小伙微笑着让江一舟坐到离仪器近的地方，就打开了仪器，此时医生过来，让江一舟张开嘴，朝嗓子里看了看，又拿一个探头看了看。医生什么也没说，就打了个电话，很快又进来一位很时髦的男大夫，他用英语告诉江一舟，他要给江一舟用药，说着就拿起药瓶给江一舟看，并问江一舟同意吗，江一舟点点头。这位大夫撕开了标签，打开了药瓶，让江一舟张嘴，原来是要喷的麻药，这位时髦的医生可能是麻醉师。不一会儿，江一舟嗓子麻木了。麻醉师和医生说笑了一会儿就走了。医生来到了江一舟跟前，又检查了一遍，就让助手在江一舟嘴里放了管状的东西，医生就拿仪器取鱼刺，可没有成功。医生让江一舟向左侧身躺在手术床上，然后蹲下不到几秒钟，就拿出了鱼刺，给江一舟看。江一舟真有点后怕，鱼刺有一厘米长，如果不来取后果不堪设想。他嘴里很难受，都流出了眼泪。江一舟掏钱要付钱，医生助理问：

"Do you have medical insurance of Moldova?"

"Yes, I have, but I forget to bring it in a hurry. I will pay in cash."

医生听完助手的翻译，就摆摆手，示意不用付了，就这样了，随后医生在桌子上的本子上写了些什么。医生助手告诉江一舟，不用付钱，感觉没问题的话就可以回家了。江一舟很纳闷，慢慢地离开了手术室。

江一舟准备了一千多摩尔多瓦列伊，折合人民币三四百元。他一直担心不够，在国内看病是很贵的。当麻醉师拿出药打开封签时，江一舟心里想这瓶药他得付钱，还有一次性的床单、医生的手套、开仪器，这些在国内都要付费的。没想到他带的钱没有用上，与其说是占了点小便宜，倒不如说心灵上受到了打击。为什么？摩尔多瓦人的收入很低，大多数人的月工资不到一百美元。他们需要钱，可他们还是那么坦然地面对钱，他们倒是想着如何帮助他人更多一些。

四十四、韩语中心

摩尔多瓦国际语言学院以外语教学为办学特色，除开设俄语、罗马尼亚语、摩尔多瓦语、法语、英语和汉语专业外，还积极开展国际合作办学，国际语言学院除了和中国西部大学合作建立了摩尔多瓦唯一的孔子学院外，还和韩国合作建立了韩语语言教学中心。韩语语言教学中心就设在国际语言学院4楼，和中国的孔子学院在一层楼，是由一对姓李的韩国夫妇承办的。从表面上来看是私人办学，是个人行为，有没有政府或团体机构参与不得而知，但韩语语言教学中心教授的韩语课程不收学费，办学形式灵活多样，课程设置随意性大，只要学生愿意学习韩语，中心就根据学生的时间安排上课，这样的话，每天都有学生上课。韩语语言教学中心在经济上是独立的，因为办学规模不大，财务自主，不需通过国际语言学院财务处管理。另外，其本身是非营利的语言中心，其目的是帮助摩尔多瓦人学习韩语，又不收任何费用，因此国际语言学院也不好在经济上有任何想法。在国际语言学院的韩语教学中心一直办得非常顺利，到2016年，已有8年的历史了。韩国的文化中心和中国的孔子学院在一层楼里相隔不到20米，就那么几位黄皮肤、黑头发的亚洲面孔，老师们常见面，也常打招呼。

"江教授，这是给你的请帖。"孔院秘书把一张白底印着蓝色花朵和文字的请帖递给了江一舟。

"这是谁的请帖？"江一舟条件反射似的问了一句。

"是韩语中心的老师送来的，请孔院的全体老师。"

"好的，知道了，谢谢！"上午连上四节课，江一舟有点累了。他不想多说话了，就把这请帖装进包里，回了家。上了一上午课，一口水都没有喝，到家了，先泡杯茶喝，喘口气。虽然很多老师上课拿杯水，而且也应该在课间喝口水，可江一舟对自己很苛刻，他觉得在学生面前喝水不礼貌，不管别人怎样做，他还是坚持做自己，按照自己的认识和理解去要求自己。过了不一会儿，他从包里拿出了请帖，戴上眼镜仔细一看，请帖上印的是罗马尼亚语，没有一个英语字母。于是他打开了谷歌翻译字典，慢慢地查不能理解的词。请帖的大致内容是邀请他参加庆祝韩国和摩尔多瓦建交 23 周年暨韩国文化语言中心成立 7 周年文艺晚会，时间是下午 5 点，地点是摩尔多瓦国家爱乐团。

摩尔多瓦国家爱乐团就在市中心米哈伊·厄米列斯库大街上，和国际语言学院只有一街之隔。4 点半了，江一舟来到了爱乐团，门口已有不少人，几位穿着韩国服饰的摩尔多瓦姑娘站在门口鞠躬欢迎来宾，彬彬有礼。爱乐团礼堂不大，能容纳 300 多人。前厅左手方向是存放衣物的地方，来宾们把衣物存放好以后就步入礼堂大厅。乐团礼堂的舞台不是很大，舞台的中央挂着一面长约两米、宽约一米的背景墙，看起来有点小，但主题明确。毕竟是韩国语言中心，办的规模较小，和中国的晚会相比就显得简单了不少，没有整个舞台的大背景墙，没有丰盛的晚宴招待。

江一舟刚一进门，韩国老师就热情地招呼他坐在了老师位置。5 点晚会开始了，韩国驻摩尔多瓦使馆副大使先致辞祝贺韩国和摩尔多瓦建交 23 周年，韩国科技信息部副部长和国际语言学院副校长作了发言。接着文艺演出就开始了，当然了，以宣传韩国文化为主，分别插入了现代文化信息。节目简单、欢快，赢得了台下的阵阵掌声。一共演出了 13 个节目，韩国文化色彩浓厚的节目只有两三个，但两个人承办的文化中心能组织到这份上已经很完美了。

江一舟还不时地联想起孔院的春节联欢会，上下动员的组织人员不少

夕阳还在山那边

于 20 人，节目以幼儿园的孩子们为主，谈不上档次，就是让孩子们参与互动，融入到汉语学习的氛围中去，在舞台上稀里糊涂用汉语玩了一把也是很不错的经历。为什么这样说呢？联欢会就是老师和学生们互动的大舞台，有的孩子小舞台都上不去，要老师抱上去。有的孩子上了舞台，不知道干什么，站着不动，看着舞台下面，下面的老师急得手脚并用地提醒孩子，可有些孩子没反应，真热闹。这就是老师、家长和孩子们一起玩玩，营造浓厚的节日氛围。

四十五、排课风波

摩尔多瓦位于丘陵地带，天然湖泊有一千多个，深秋的红叶、碧水、蓝天、白云给人们带来了无限的美景和想象的空间。江一舟一个人散步在基希讷乌郊区的湖边，陶醉在晚秋红叶碧水之中，湖边高大的松树、杉树遮天蔽日，褐色的松鼠上下觅食，相互追逐玩耍，对面湖边的连椅上一对恋人对饮欢笑。偌大的湖边，只有江一舟一个人在散步，他走到了视野开阔的湖岸的拦水坝上，一览蓝天白云、青山绿水，紫花红叶，美不胜收。

夕阳照红叶，

碧水映晚秋。

林间松鼠跑，

湖边恋人笑。

桥上独一人，

尽享人间梦。

开学已经 4 个月了，时间过得真快，学生们开始议论考试放假了。

"江教授，学院给您安排了三天研究生的课。"

"国际语言学院还招研究生？"江一舟本能地提出了疑问。这个机构与其说是大学，倒不如说是个语言中心，也能开设研究生课程？疑问归疑问，任务归任务。于是江一舟问道：

"上什么课？是什么专业？"

"这我也说不清，要求讲经济语言类的课程。"

"有教材吗？"江一舟问道。

"没有。"

摩尔多瓦国际语言学院就是这样给老师安排课程、布置任务的。江一舟想，自己不远万里来到摩尔多瓦，不就是为了教授汉语、传播中华文化吗？自己辛苦一点，戴上眼镜多上网、多查资料，教材不就有了吗？还能有什么办法。国家汉办给孔子学院的资料一箱摞一箱，乱七八糟地放在国际语言学院的一个阳台上，里面有能选用的教材吗？江一舟心里着急，他想，自己能把每一个箱子打开，把书排放整齐，把能用的书或教材拿出来该有多好？国家这么大的投入不能发挥其应有的作用，可真有点浪费。

为了上好研究生的课，他整整备了两天的课，准备了上万字和许多图片的课件，设计了20多个讨论题，就三天时间，10小时左右的课，这样备课就可以了。为了上好研究生的课，他建议把他本科班的课让别人上几次，以保证他完成授课任务。第二天就要上课了，江一舟下午下课后回到家检查第二天的教案，电话铃响了。

"喂，江教授，明天研究生的课不上了。"孔院秘书打来电话说。

"不上了？为什么？"

"我不知道。"这是孔院秘书说的频率最高的话。在关键时刻，一句"I don't know"，一切问题就这样解决了。江一舟挂了电话，直接找到了办公室。

"学生们说这门课在中国已经上过了。"

"已经在国内上过了，你们都知道为什么还给我排课让我上？上课是儿戏吗？告诉我，这是谁做的决定，必须给我一个解释。"江一舟火了，他想，这是一所大学，又不是自由市场。上课这么严肃的事，在他们看来和儿戏一样，说上就上，说取消就取消。秘书推诿说明天带江一舟去，江一舟让秘书告诉他外语系主任办公室在哪儿，他自己去找。秘书写了一个号码，江一舟下楼去找，可根本就没有这个号的办公室。秘书毕竟是当地人，内外有别嘛。江一舟只好作罢。只不过他对国际语言学院有了进一步的认识。他一直在想，孔子学院怎么能建在这样一所民办大学？要校园没校园，要活动场所没活动场所，一个图书馆就那么几百本书。关键是教学管理上如此随意，这老师怎么上课！

十一月下旬的星期一，江一舟有课，他按时到了教室。摩尔多瓦人比较散漫，学生上课也是，迟到很正常。江一舟已经讲了不少上课迟到不好的原因，可学生早已习惯了，他们根本不在乎老师讲什么。这个学校有些学生上课什么都不拿，衣兜里揣一张纸、一支笔，坐在教室里等着下课，而且自我感觉良好。

8点上课，8∶10了，还没有一个学生。不对呀，有个别学生迟到很正常，但不会全体迟到，怎么回事？江一舟想去问，可孔院办公室九点才上班，没地方问，等呗。直到8∶40，有位迟到的学生说："老师，我们今天不上汉语课，因为罗马尼亚的老师来了，我们都要去上罗马尼亚老师的课，汉语课不上了。"江一舟搞不清怎么回事，但他确定8点的课取消了。江一舟不习惯学校的教学安排，可学校的老师都习惯了，如果有罗马尼亚的老师来上课，校内排的课全部停上，给罗马尼亚来的老师让路。江一舟不知道这些惯例。他按课表按时去上课，当然没学生。9点多了，江一舟来到孔院办公室问是怎么回事，办公室的解释是罗马尼亚访问学者来了，要上3周课，英汉翻译专业的学生要去上，因此这三周只上星期三和星期四的汉语课。

"这是什么时候决定的？"江一舟问道。

"上一周。"秘书回答道。

"那为什么不通知我？"

秘书低头不语。江一舟感到压抑，有种不被学校重视和尊重的感觉。但又有什么办法呢？只能委曲求全了。

在第三周周五的下午，江一舟接到通知，下一周英汉翻译专业毕业班的课程有了变化：

星期二 6 节课，从上午 9：35 到下午 2：20；

星期三 8 节课，从上午 8：00 到下午 2：20；

星期四 8 节课，从上午 8：00 到下午 2：20。

江一舟觉得不可思议，能这样排课吗？同样的学生，同样的老师，这课怎么上？孔院的中方院长刚来，不了解情况，他也说不出所以然。两位本土秘书一问三不知，通知他的秘书还是他班上的在校生，名字叫刘玛珂。江一舟万般无奈，他只能先上再说，还能有什么办法吗？

12 月份的摩尔多瓦昼短夜长，天阳下午 4：30 就下山了，天黑得早，已经下午 6 点多了，江一舟吃完晚饭出去散步。他刚走到中心公园，来电话了，又是孔院秘书刘玛珂打来的。

"老师，星期五您有课。"

"刘玛珂，谁在安排课程？为什么会这样排课？一天三次变化。"江一舟又一想，算了，和秘书说也白说。

"刘玛珂，你把下一周的课表发给我好吗？"

"好的，老师。"

课表如下：

星期二 6 节课，上午 9：35 到下午 2：20；

星期三 8 节课，上午 8：00 到下午 2：20；

星期四 8 节课，上午 8：00 到下午 2：20；

星期五 4 节课，上午 9：35 到下午 12：30。

江一舟想，是这排课的老师疯了，还是小朋友在搞恶作剧？这怎么办？孔院中方院长和其他老师都不知道。

"好吧，刘玛珂，星期一下午我去找外语学院的主任问一下怎么回事。"

江一舟听说外语学院的主任是法国人，语言学博士，英语很好。他想，来孔院快一年了，还没见过外语学院的主任，借此机会也和她谈谈教学的情况。于是他对孔院秘书布可娜说："我就按照新课表上课，不过有几个问题我想问一下外语学院的主任。我想直接去找她，再不麻烦你们了。请告诉我外语学院主任的办公室在哪儿、她叫什么名字就可以了。"孔院秘书支吾了一会儿，就把外语学院主任的名字和办公室号码写在纸条上给了江一舟。下课后江一舟就按秘书写的号码去找，他找到了216办公室就敲门，半天没人在。就在他不知如何是好时，从旁边的办公室走出来一位年轻女士，江一舟急忙走上去："劳驾，请问安吉娜主任在哪个办公室？"这位女士顺手指着215办公室，并走到门口敲开了门，用罗马尼亚语说江一舟要找安吉娜主任，里面一位黑头发的中亚妇女回答道，安吉娜在上课，11点下课，让江一舟11点来。后来江一舟才知道，里面坐的那位女士是外语学院的副主任，不会讲英语。江一舟表示感谢之后就离开了二楼办公室。11点10分，江一舟又来到了外语系主任办公室，这次副主任也不在了，只有一位好像是秘书的女孩，说主任在开会，并告诉江一舟下午两点以后主任就来了。下午两点半了，江一舟先来到孔院办公室，秘书刘玛珂急忙站起来说：

"老师，我去找主任，再问问上课的情况。"

"好，刘玛珂，我们一起去。"于是江一舟和刘玛珂又来到了二楼的外语系主任办公室，这一次里面坐着一位好像也是来找主任的女孩，刘玛珂用俄语问主任什么时候来，那位女孩说她也不知道。

"刘玛珂，我们回孔院办公室吧，不找了。"

他们走到楼的拐弯处时，刘玛珂用手指着墙上的布告栏说："老师，这是我们班的课表。"

江一舟顺着刘玛珂指的方向看去，好像是刚刚放上去的。

"刘玛珂，取下来，我们复印一张，然后再放上去。"

课表一会儿一变，反复无常。江一舟找外语学院的主任五次，也没见到主任的面。每次上课时间的变化都是电话通知，现在有纸质的课表就好多了。不管课多少，有个文字性的依据就好上课了。

　　江一舟拿到复印的课表一看，上面是 22 节课，看来又变了。就这样了。在回家的路上，江一舟不明白外语学院的主任为什么不见他，主任真的就那么忙吗，还是有其他原因不想见他这个中国老师？说什么开会、参加派对，可能吗？中午开什么会？上班时间参加什么派对？用这样的借口来糊弄孔院老师，而且是给外语学院上课的孔院老师，未免有点不礼貌吧？文化的碰撞证明了跨文化交际的路很长，要一步一步走。江一舟只好放弃见系主任的想法，先好好备课，上好这周的 22 节课。

四十六、国际义卖

　　每年 12 月 6 日，摩尔多瓦都要举行一次国际义卖活动，其目的是利用周末动员各国驻摩尔多瓦大使馆进行义卖，将义卖得来的钱捐助给残疾人和贫困人口。活动由摩尔多瓦妇女工作委员会组织，冠名国际义卖就是邀请各国驻摩尔多瓦大使馆参与此活动。孔子学院早就收到了使馆的通知，要求全体孔院教师和志愿者参加，而且还有一项重要任务就是要孔院的志愿者拿出节目，参加义卖活动的演出。

进入十二月，摩尔多瓦的天气已经很冷了，年龄大一些的已是皮衣裹身了。在基希讷乌的街头上，不管男女老少都戴着毛帽，把额头和耳朵捂得严严实实的。刺骨的寒风呼呼地刮着，走在街上不戴帽子，头会冻得很痛。按照孔院的通知，江一舟按时走出了家门，他打算步行至摩尔多瓦展览中心，一是没有直达公交车，二是周末也该走走，锻炼锻炼。这天是一个晴天，瓦蓝的天空没有几朵白云，丝丝微风却透着阵阵凉意。

江一舟不时地整整围巾，竖竖大衣领子，把嘴和耳朵围起来，快步沿着普希金大街向西南方向走去，走过了三站路的距离才穿过普希金大街，来到摩尔多瓦国立大学校园的南边，沿着国立大学又走一站路，来到了磨坊谷公园，下了两百多个台阶，来到了磨坊谷湖边。湖水静静的，没有了蓝天白云、绿树红花的映衬，显得灰蒙蒙的，灰色的枯树倒映在水中，没有一点儿生机。水面上有几只水鸭在觅食。天暖和的时候是人们活动的好时候，钓鱼、跑步、骑自行车。可现在湖边空荡荡的，行人寥寥无几，本来就是零下的天气了，这种场面增加了几分寒意。江一舟紧了紧竖起的大衣领子，加快了步伐，直奔摩尔多瓦展览馆而去。

义卖地点选在摩尔多瓦国家展览馆主厅。已经是上午9点多了，来参加义卖的人还不少，把一个不到三百平方米的大厅挤得严严实实。各国使馆的义卖摊位前熙熙攘攘，人们看着、选着自己喜欢的东西。江一舟后来听人说，义卖时有些东西很便宜，所以知道的人早就等在展览馆门口，场馆一开门他们就进去选购了，在摩尔多瓦相对便宜的东西很快就卖没了，抢手货不到10分钟就售罄。不少使馆都在卖自己的特色饭菜。不少人在排队买中国使馆现场蒸的包子，卡塔尔的手抓饭也很有人气。当然，各式面包、咖啡、巧克力更是人们竞相购买的商品。

在展览馆的一侧搭建了一个平台，要求各国都要演出节目。节目丰富多彩，有的是国家级的专业演出团体的文艺节目，演员的水平很高，靓男美女的演出使观众看得如醉如痴。孔子学院的志愿者承担了中国使馆的文艺演出义务。在国内自己的学校都不演节目，在这里都要以中国志愿者的名义演出。这可不是夸张，他们真的上台表演了，节目好像是什么歌曲连唱。志愿者各自身着不同的中国民族服装，一个个唱着歌上了舞台，台下的人们有些惊讶，这节目和其他节目反差太大，要么没有声音，要么跑调。江一舟看着听着，心里着急，浑身难受，使馆怎么能让他们硬上呢？好在摩尔多瓦观众非常有包容心，并没有不友好的举动。节目演完了，江一舟出了一身汗，不过他们不上台演出，又有谁能上台？参与才是关键，尽管有点尴尬，但也得谢谢孩子们敢于接受挑战。

义卖在进行着，人们出出进进，江一舟走出了义卖大厅，外面寒风嗖嗖，他深深地吸了一口气，扣好了大衣扣子，整了整围巾，竖起了大衣领子，沿着没人的磨坊谷湖边快步回家了。

四十七、元旦

　　摩尔多瓦和世界上其他国家一样，视公历的 1 月 1 日为新的一年的开始，因此新年是摩尔多瓦各族人民最隆重的节日之一。大多数人传承传统的节日风俗，和中国人欢度春节一样，从 12 月初就开始筹备年货了。当然了，摩尔多瓦人在筹备新年的同时，还要筹备 1 月 7 日的东正教圣诞节。宗教和民俗融合在一起，好不热闹。商家搞各种商品打折活动，吸引着人们掀起一个又一个购物潮。葡萄酒、巧克力、圣诞树以及树上的挂饰是家家户户必须采购的年货。基希讷乌的中心广场矗立起了高大的圣诞树，上面的饰物和灯光五彩缤纷，广场上空的彩灯和凯旋门的装饰等浑然一体。在中央政府大楼楼顶霓虹灯的照射下，中心公园的节日装饰和氛围使人们仿佛来到了童话世界。为了增加节日气氛，基希讷乌中心广场请来了游戏大篷车，各种游戏机在广场一字排开，有小摩天轮、碰碰车、旋转小天鹅、小马戏团、摇头飞椅、摆锤等游乐项目，家长领着孩子玩得不亦乐乎。

　　江一舟也沉浸在节日的欢乐中，他看到摩尔多瓦人民对生活的热爱、对美好生活的追求，很是感动，大人小孩欢天喜地地迎接新年的到来，他非常羡慕，他只能孑然一身远远地欣赏，静静地等待新年的到来。

　　江一舟一个人没有什么可购买的，也没有什么可筹备的。12 月 31 日是一个难得的好天气，天蓝得让人窒息，这在基希讷乌阴湿寒冷的冬天是很难得的。阵阵微风吹来，寒气袭面，人们不由得竖起衣领。下午他一个人来到了有三湖相连的玫瑰谷，这可是他常来的地方，但最近比较忙，很长时间没来过了。湖面结了厚厚的冰，往日的青山绿水、湖光山色全部成了黑白照，没有了色彩。已是下午三点多了，夕阳西下，火烧云映红了半边天，也映在了冰面上，昔日的各种水鸟早就迁徙到南边去了，剩下了裸枝枯叶和在风中摇曳的芦花。鱼儿躲在了水底，乌鸦栖在了树梢，这是多么美的冬日素颜照啊。

火烧夕阳映河山，
冰封仙湖野鸭徙。
枝裸叶枯芦花飘，
鱼卧水底鸦栖梢。
元旦叩门君不应，
徜徉湖畔老树林。

摩尔多瓦新年三十晚上很热闹，人们以各种欢快的形式等待着新年的到来。除了到处莺歌燕舞，燃放礼花鞭炮也是摩尔多瓦人喜爱的庆祝方式之一，基希讷乌城里的鞭炮声、礼花声一直响到黎明前。

摩尔多瓦人迎接新年的方式多种多样，在新年的前夕，家家户户的房门都要留一条缝，人们企盼旧的岁月从门缝里悄悄溜走，新的希望随之而来充满屋子。新年之夜，不论在城市还是在乡下，大部分人和中国人一样要守岁，喝酒、唱歌、跳舞、燃放礼花鞭炮，彻夜不眠。城里的年轻人都要走上街头举行新年大狂欢。人们载歌载舞，尽情地欢庆新年的到来。在农村，小伙子们则要扛着祖传的犁挨门挨户祝贺节日，祝愿人们幸福如意、五谷丰登，这项活动一直要持续到第二天早上才结束。另外，摩尔多瓦人新年期间还有一项重大活动是表演形式多样的民间新年剧，这项活动有悠久的历史和欧洲文化的传承。不论是罗马尼亚裔还是俄罗斯裔，他们不分男女，头戴各种面具，穿上剧装，扮演剧中的各种人物角色，还有各种动物，如马、熊、羊等。经常上演的传统剧目有《玛朗卡》《布诺拉》《日亚那》《阿尔纳乌特人》和《老人们》。新年诗歌演唱会在 20 世纪四五十年代曾一度中断，70 年代这一文化传统开始复兴，但到了 21 世纪，不是每年都有这样的演出。取而代之的是年轻人在三十的晚上去夜店喝酒、唱歌、跳舞，用他们自己的方式来庆祝新年。年长一些的就在家里看电视、聊天，摩尔多瓦电视台也有类似中国春晚一样的节目。

摩尔多瓦的主要宗教是东正教，东正教的圣诞节是在 1 月 7 日，而信仰天主教、基督教的人们 12 月 25 日过圣诞节。圣诞节（12 月 25 日）、新年（1 月 1 日）、东正教圣诞节（1 月 7 日）连在一起，因此有些庆祝活动搞不清是庆祝新年还是欢度圣诞节，总之人们在欢庆节日。

新年后的第一节课，江一舟的课堂活动主题是"我是如何过新年的"。同学们的叙述基本上就是"出去旅游""和家里人聊天，吃大餐""和同学、朋友去夜店喝酒、唱歌、跳舞"。让江一舟吃惊的是没有一个学生能说出和他们传统习俗有关的活动，而且同学们压根就不知道他们民族欢度新年的传统。

摩尔多瓦宗教信仰氛围很浓厚，信仰东正教的占大多数。除东正教外，还有天主教、基督教、印度佛教和伊斯兰教。人们充分享受着宗教信仰自由的权利。人们可以看到印度佛教在街上又跳又唱的传教形式，也可以看到基督教的宣传点发放传单，还有江一舟说不上的一些宗教活动。

每年刚过完新年和圣诞节，公历 1 月 19 日是摩尔多瓦希腊东正教的又一重要节日——洗礼节。这一天活动的主要内容之一就是举行入教仪式和新生儿的命名、受洗仪式。天一亮，教堂的钟声响彻城市、乡镇的上空。教堂的神职人员按照宗教仪轨，穿着各自职位的衣服，准备自己的工作。教堂里灯光、烛光浑然一体，大厅里光芒四射。来参加洗礼的孩子由父母或提前选定的教父和教母抱着来到教堂外面。按照东正教的教规，新生儿接受洗礼时，父母不能在场，"教父""教母"抱孩子参加洗礼活动。教堂

四十七、元旦

183

的神职人员按照自己的身份级别身着各种色彩绚丽的衣服，主持人口诵经文，在受洗人额上或头上点水，有时也将受洗人全身浸入水中，然后给受洗人戴上十字架项链。在洗礼节那天，人们除去到教堂接受洗礼外，还要到江河里取"圣水"。健康的人要跳到冰窟窿里洗一洗，当然，有这种举动的人不多了。

　　摩尔多瓦的一月、二月是最寒冷的时候，不是暖冬的话，到处冰天雪地的，大雪能下到五十厘米厚，堆到花园里的积雪到三月中旬才能融化完。也许是冬天寒冷的缘故吧，摩尔多瓦的供暖设施很齐全。大部分地区是集中供暖，而且供暖锅炉燃烧天然气，大循环，不管郊区还是市区，一般家里的温度都在二十五度左右。有些保暖性能好的住宅温度都在二十六度以上，一进家门就得穿短袖T恤。当然了，供暖费也是摩尔多瓦人冬天的一大笔开支。一个供暖期平均得支付一万列伊（约三四千人民币）左右。对大多数摩尔多瓦人来说，供暖费太高了，难以承受。有的地方也有暖气不热的情况。从传统上来讲，摩尔多瓦人民应该是有供暖补贴的，细节是如何制定的就不得而知了。江一舟一个月得支付两千多列伊（约六七百元人民币）的供暖费，这个数字是很多摩尔多瓦工作人员一个月的收入。

四十八、释放孤独

春雨淅沥融冰雪，

乌鸦栖枝暖新芽。

受命独漂有一年，

指日解甲可归田。

　　新学期紧张的第一周很快地过去了，江一舟觉得该喘口气了。早上睡到自然醒，不知道几点，该起来了，他睁开眼睛，天灰蒙蒙的，都快8点了，怎么天还没亮？他拉开窗帘一看，窗外飘着雨夹雪，地上湿漉漉的。"哎，打算好好出去转转的，这下子就泡汤了。"江一舟自言自语地说道。周末出去走走的愿望实现不了，唯一可以完全放松一下的机会没了，他非常失望，情绪一下降到低谷，还是重复宅家的周末吧。擦擦桌子，扫扫地，看看书，备备课，写写日记，查查微信、QQ和邮件，然后做饭吃饭，天天重复着寂寞和孤独。一个人的日子就这样，还能怎样呢？不然怎么享受寂寞孤独呢？和在国内家里相比，只是没有人陪着说话，没有了含饴弄孙的天伦之乐而已。日子不管在哪儿都一样过，没什么区别，只是心情不一样罢了。

　　基希讷乌下了一天的雨雪，灰蒙蒙的天，灰蒙蒙的地，灰色的喜鹊、黑色的乌鸦在房屋、树林之间飞来飞去。在公寓宅了大半天，下午五点多了，雨雪停了，出去透透气吧。江一舟来到了市中心的花园。花园里空荡

荡的，湿润的空气格外宜人，从土地里、树林间发出的潮湿的气味，是多么的接地气啊。天上的乌鸦一群接一群从北向南飞去，小群有几百只，大群上千只。当乌鸦从头顶上飞过时，黑压压的一片压来，一些在空中盘旋，一些落在树上，嘎、嘎、嘎，叫声响成一片，俨然是乌鸦的交响乐。抬头望去，在街道两旁的高大的椴木树梢上栖满了乌鸦，像一朵朵黑色的花朵。江一舟又想到了一年前刚到时，没见过如此多的乌鸦，也不认识槲寄生这种寄生在树上的植物，误以为是乌鸦窝。槲寄生在基希讷乌街道两旁、公园里面到处可见，看起来像鸟窝，一棵树上多则十几个，少则一两个，一年后他才知道，那不是鸟窝，是寄生在树上的一种植物。

水调歌头·望还乡

黄昏青烟绕，雀栖树头梢。

恰似童年庭院，灰瓦映白墙。

摘镜孤思远去，神州夜月正明，伊人梦玫瑰。

异乡华灯上，故里三更醒。

长思念、应回首、返家园，妻儿在盼。

人之情叶落归根，哪怕山凶水险，浅滩也行船。

朝阳飞彩霞，夕阳映残雪，古今谁有情？

太阳快落山了，麻雀叽叽喳喳地回到了窗户旁边的榆树上。江一舟想起了童年时的灰瓦白墙的大院。仿佛听到了傍晚院子里榆树、皂角树上麻雀回窝前的嬉闹声。他放下了手里的书，摘下了眼镜，走到窗前望着东南方，静静地想，此时国内已三更半夜了，十五的明月已西悬了，家里人睡熟了，可能做梦回到了基希讷乌的玫瑰谷。摩尔多瓦也到了黄昏之时了，他该回去了，妻子儿女也盼着他回去。叶落归根乃人之常情，下决心吧。精彩永远属于年轻人，老年人就去做老年人该做的事吧，从古至今不就是这样吗？

日出日落，地球自转千年如一日，不管地面上发生了什么变化，都丝毫不能影响地球的运转轨迹。人们认为时间快也好、慢也罢，那只是自己的感觉而已。在自然界，时间没有快慢之分，只有在人们心里时间才有快慢之别。在国外工作、学习的人们，总是觉得时间太慢，不论是上了年纪的还是年轻人，当他们一个人时，他们害怕孤独，不愿寂寞。没有家人的嘘寒问暖，没有亲戚、朋友的喧笑，也没有可融入的社会圈子，永远是局外人。很多年江一舟在澳大利亚和一位享受国务院津贴的专家交谈时，专家叹息道，他在澳洲上班的时间可威风了，他的秘书、助手车接车送，跟前跟后。可在工作之外的时间就没有人了，只能自己一个人打发时间了。

人们常说人类的饮食习惯形成于四五岁，有人说七八岁就形成了，要改变不是一件容易的事，因为是在人们成长过程中生理上形成的，难以改变。那心理上有没有文化习惯？有的话，什么时间形成呢？跨文化交际研究些什么呢？江一舟觉得自己还是孤陋寡闻。在相同文化背景环境中入乡随俗，一次两次短暂体验不同饮食文化的感觉或许很美好，但心理、生理上已经形成了一定模式的社会人要融入另外一种文化环境的社会谈何容易。不是不可能，但至少是几代人以后的事了。于是就有一些人这也看不惯，那也看不惯，觉得这规定不合理，那规定缺少人性化，成天想着回家。江一舟又想起了他第一次出国学习时一起去的一位老师，因不适应澳大利亚的生活，课也不上，整天要回国，后来生病了，使他更加理解了社会圈文化的魔力。围城现象无处不在，历史就是在这种出城进城的动态中向前发展的。

四十九、期末考试

期末考完试，江一舟来到孔院办公室，询问下一学期的课如何上。孔院的秘书布可娜打开电脑，查了查说：

"Mr.Jiang, you will be lucky and easy next semester, there are 12 hours a week."

"What course I will teach？"江一舟问道。

"It is Business Correspondence."

"What is the Business Correspondence？"

"I don't know."

"Is there any textbook or teaching materials？"

"No, there isn't. There isn't any teaching materials, you will try to get them."

像这样的对话不是第一次了。巧妇难为无米之炊，况且作为一所大学，开设什么课得有所准备，得储备师资、选购教材。而国际语言学院在没有做任何准备的情况下突然开设新课，让江一舟瞠目结舌，不知所措。或许学院做了大量的准备，江一舟不知道而已，但这么大的事孔院领导和外语学院领导应该事前沟通。就拿让一位没有学过历史的志愿者老师给英汉翻译专业班的学生上欧洲文明史为例，可见此学院对教学管理和教学水平的要求是如何界定的。这要是在国内的高校，就成了大笑话了。

为了上好商务信函这门课，江一舟想和学生互动一下，让学生谈谈他们的想法，为了畅所欲言，学生可用英汉两种语言发言，因为有些学生无法用汉语表达自己的想法。经过一番讨论，同学们对商务信函有了一定的了解。为了了解学生的真实想法，江一舟给学生的家庭作业就是把自己的想法写出来，交上来作为一次平时成绩，于是学生不得不写。有位学生写道：

"我在研究中国的大学，现在我的第三年，在这三年的学习中改变了9个教师。老师都有中国和它帮助我们的学生更好地学习一门新的语言。但我仍然认为，经常不断变化的教师是不会有利于学习的进程。在本周我们进行了8的经验教训的中国人，不是很多，但学生并不总是有时间准备的经验教训，作为中国的语言是一个最困难的。我觉得最佳发展的材料。应当有兴趣的学生。例如介绍在教育的过程的计算机技术的实用，更多的停课以游戏的形式或竞赛。学中文的艰难得多比我想象的。但是我认为所有学生享受的语言未解决这个问题。"

这一份作业是班上汉语比较好的学生写的，江一舟费了很大的劲儿，还是没有完全弄明白什么意思。有一位不怎么上课但要求老师给她高分的学生写道：

"我有个建议，在汉语课看中国的电影，中国的综艺节目看完后可以谈，我希望多点知道中国的文化、传统、历史。还有老师说慢点，因为有时候听不懂。在一年级的时候，我们的 sun 老师完了很有意思的游戏老师给我们卡卡上有我们学的词，我们要告诉是什么字，真有意思，开心的玩游戏时候我们背生词比较快比较好。"

这两份作业是这个班上写得比较好的作业，好歹能明白点什么。而其他作业，老师得不到一点可借鉴的信息。江一舟想，商务信函要学一些商务信函常用语，可都是专业词汇或术语词组，做游戏学单词的课堂教学方法已经不适合了，更重要的是学习如何写商务信函，掌握书写商务信函的目的、结构，以及对语言的要求，已经不是如何记住单词那么简单了。商务信函书写的基本要求是简洁明了，行文正式。是啊，江一舟多么想上课做游戏，可商务信函是毕业班的专业课，不是汉语的基础课，做游戏学单词的阶段早该过去了。可大多数学生的汉语语言基础没打好，这样专业课上起来很费劲，江一舟面临着前所未有的挑战。

更让江一舟尴尬的是国际语言学院对孔子学院教学质量的重视程度不够。孔子学院应该是独立的语言教学单位，如果不把语言教学放在第一位，学生的语言基础不打扎实，专业课开起来就很吃力了。

一天，江一舟上课时，他带的白板笔都写不出字了，他使用的各色白板笔都是他在周末或下课后在街上的文具店买的。课还得继续，到外面去买来不及，于是他来到隔壁办公室对秘书说：

"秘书，上课用的白板笔没了，办公室有吗？我现在需要。"

"老师，我这儿没有。"

"你有空的话，买几只上课用的白板笔？教室里早就没了。"

"老师，对不起，开学初院长就让我向学校申请办公经费了，可学院说今年给孔院的办公经费还没拨下来。我没办法，一直没去买。"秘书很无奈地回答道。江一舟听明白了，他又能做什么呢？只好回到教室，用残笔坚持上完了课。他知道汉办按时把孔院预算经费拨下来了，可学校财务处总是说没收到。下课后他只能默默地走出了学校，先到文具店去买笔。他不是因为买不买笔而纠结，而是因为学校对孔院教学工作的漠视而感到失望，特别是个别秘书认为孔院的事是中国人的事，和孔院的摩尔多瓦人没关系。

国家汉办给摩尔多瓦国际语言学院孔子学院的教学支持是全方位的，仅放在国际语言学院阳台上未开箱的用于教学和文化宣传的书和相关资料就有一百多箱，可想而知汉办对孔院的投入了。前几年孔院多次向学校申请一间屋子作为孔院的图书室，但学校迟迟没有回音，这些书只能一直在阳台睡大觉。后来，在孔院再三申请后，学校才把一间画室给了孔院。孔院院长和老师、志愿者马上利用课余时间打扫房间，购买书架，把沉睡了很长时间的100多箱书籍资料全部上了书架，特别是各种汉语教材，太有用了，这对老师和志愿者来说真是雪中送炭。江一舟没有必要东拼西凑自己编教材了，也不需要跑到外面复印讲义了，直接从图书馆选一种教材，学生人手一册，循环使用。

孔院院长和老师们十分珍惜国家汉办邮寄过来的书籍和教材，他们把这些东西一一登记，归类建档，为了方便师生看书，孔院给图书室购置了桌椅，制定了借阅须知，每天下午派一名没有课的老师或志愿者在图书室值班。

买几只上课用的白板笔就这么困难吗？江一舟怀疑自己是不是小题大做，只好自己悄悄买了白板笔上课用，再也不愿意给孔院的秘书反映此类的问题了。江一舟经常反思自己是不是太固执，不熟悉孔院工作，想法太多。问题出在哪儿？但江一舟坚信，不把教学放在第一位，不重视老师的教学管理是不科学的。这样办大学路在何方？江一舟是否太吹毛求疵？

孔子学院的老师上什么课由外语学院和教务处安排。江一舟为了避免再次发生上课前一天的晚上才通知第二天上什么课的尴尬，在放假前就一再提醒秘书一定要让老师提前知道下学期上什么课。他的努力有结果了，他在放假前拿到了一张下学期上什么课、多少课时的纸条。不错，这就是课表了。尽管没有大纲，没有教材，也没有教参，但至少他提前知道新学期上什么课，这样他就有充足的时间备课，另外也能提前了解一下学生，这比上一学期好多了。

江一舟将教授每周12节的商务信函课。他觉得在信息时代商务信函的应用越来越普遍，商务函件的写作越来越国际化、规范化，也是每一位从事国际商务工作的人员成功的要素之一。国际语言学院英汉翻译专业三年级学生学习此课程是非常有必要的，这对于他们进入社会找工作是有帮助的。可问题是这些学生的英汉语言都不过关，教授、学习商务函件写作的难度可想而知。除了有一定的语言障碍以外，学生还要进行大量的阅读和写作实践训练，为了弥补这方面的不足，学校要求学生在假期必须有一个月的实习时间，这太好了，学生都选择了到商务公司去实习。学生有了实习经验，对商务信函就有了一定的认知，上课就有积极性。

为了上好商务信函课，江一舟利用假期到处打听，在网上寻找有关商务信函写作的教材和书籍。最后他还是决定借鉴北京大学出版社出版的《商务英语信函写作》、上海外语教育出版社出版的《实用商务函电写作》来备课、上课，每天花几个小时写教材、教案。其实就是自己编印教材，再根据自己编印的教材、学生的实际水平书写教案、设计课堂活动等等，就这样艰难地完成着一周 12 节课的教学任务。

　　　　故里春雪似扯絮，

　　　　他乡大雪也撕棉。

　　　　耤河黑海万重山，

　　　　东风化雨水相连。

　　　　恰逢十五灯月圆，

　　　　难觅元宵饴心田。

春天的脚步一步步走来，树枝上的叶芽越来越大，好像迫不及待地要发芽。前天一场突如其来的大雪让想脱去冬装的人们停下了手，家人、朋友、学生纷纷给江一舟发来了家乡大雪美景的照片。说来也巧，摩尔多瓦基希讷乌好像要和家乡同步似的，前天上午 9 点开始飘起了雪花，到了中午，雪越下越大，山白了，树白了，屋顶白了。家乡的耤河和摩尔多瓦南边的黑海远隔万里，洁白的大地把故里和他乡连在了一起。暖暖的东风把冰雪化成了涓涓溪流，流淌到大海，从世界的每一个角落汇在了一起。冰雪融化时正是中国的农历正月十五，此时月圆了，灯亮了，元宵也圆了。可在基希讷乌找不到元宵啊。

五十、元宵节

正月十五的早上9点多，国内已是下午了。昨天下过雪，上午的气温在零下了。江一舟刚要坐下看书，电话铃响了。

"江教授，院长通知您11点到孔院集合，然后去米列什迪米茨酒庄，西部省的副省长要见大家。"

按之前的安排，今天下午5点副省长一行要来参观孔子学院，看来计划变了。11点，江一舟和孔院的老师和志愿者一行9人乘坐租的奔驰面包车前往位于基希讷乌市南边的米列什迪米茨酒庄。虽然已近中午，但寒气依然逼人，公路上的大部分雪化了，在一些阴影处依然白雪皑皑。奔驰车一路颠簸，车轮下冰雪四溅，大约走了一个多小时，来到了米列什迪米茨酒庄。

大家坐在车上等了十多分钟，夏副省长率领的西部省代表团一行5人，有西部省卫生厅厅长、西部省外事办副主任、西部省文化厅处长和河州藏药集团董事长，他们分别坐两辆小车到了酒庄。大家下了车，没有人组织欢迎，也没有人组织介绍，不知道是些什么人，有当地人，也有中国人，围着副省长在说什么，看来这些人肯定有事。在摩尔多瓦的中国人不多，而夏副省长要看望一下西部省在摩尔多瓦工作的人员。

摩尔多瓦国际语言学院的合作办学单位是西部大学，因此陪同夏副省长的有西部大学国际交流处的老师、孔子学院的10名老师和志愿者，还有成立刚一个月的摩尔多瓦医科大学中医中心的来自西部的5名中医大夫。不一会儿，大家又上了车，车直接开进了酒窖，就这样，大家跟着讲解员，

夕阳还在山那边

一会儿上车，一会儿下车。江一舟已经参观过米列什迪米茨酒庄了，他跟在大家后面，自己随意看看。米列什迪米茨酒庄的酒窖是摩尔多瓦最大的酒窖，地下基层有两百千米长。江一舟始终不相信酒窖有两百千米长，可他没法去证明自己的想法。和上次一样，讲解员讲完所有的景点后，就领大家来到了酒窖里面的地下餐厅。门口还是那两位身着民族服装的先生，一位拉小提琴，另一位拉手风琴，陶醉在欢迎曲中。

由于人多，酒庄地下餐厅身着民族服装的服务生把大家安排到了餐厅近2米宽、15米长的长方形主桌上。桌子上的烛台和大厅的吊灯交相辉映，色彩温馨浪漫，是典型的欧洲餐厅装修风格。四边能坐30多个人的大长桌只坐了三边，副省长和西部省卫生厅厅长坐主座，其余的近20个人分两边坐，紧凑和谐。见面会由厅长主持，在大家一一做了自我介绍后，副省长做了热情洋溢的讲话，对大家在摩尔多瓦工作表示慰问和感谢，并借正月十五元宵节之际，向大家表示新春的祝福。在国内很多地方，从传统意义上讲，从腊月二十三开始，一直到正月十五以后才算过完年，也就是节日的结束，因此正月十五也算是在春节期间。副省长向大家拜年，祝大家新年快乐，身体健康，工作顺利。接着副省长介绍了他们出访的目的，为了举办敦煌展销会，西部省派出了5个访问团，出访相关国家和地区，并邀请他们参加展销会。副省长一行将访问匈牙利、罗马尼亚、摩尔多瓦和俄罗斯。到摩尔多瓦主要参观摩尔多瓦的酿酒业，学习借鉴酿酒、贮存酒技术。

摩尔多瓦没有其他省的驻外单位，只有西部大学和摩尔多瓦国际语言学院联合办的孔子学院和西部中医大学在摩尔多瓦的中医中心。不管国内的什么人来都要看看国际语言学院的孔子学院，再没有什么可看的了。一个月前才成立中医中心，或许以后可以二选一了。

为了迎接副省长一行到孔院参观，江一舟和志愿者提前到了孔院，布置了展板、教室和办公室。五点钟左右，副省长一行风尘仆仆赶到孔子学院，参观完，副省长对孔院的工作给予了高度评价。是啊，在一所民办大学里办孔子学院确实不易，这里面有多少孔院老师和志愿者付出的汗水甚至眼泪？

参观结束了，不能算参观，应该是慰问，慰问也不对，那就算探望大家，鼓励大家好好工作。江一舟和志愿者老师跟在访问团的后面，从四楼下到一楼，走出楼门，目送代表团成员上车，挥手，离开。

孔子学院每年的一项重要的中国文化宣传活动就是春节联欢会，今年的春节是 2 月 8 日，摩尔多瓦各个学校开学才一周，来不及准备春节联欢会。摩尔多瓦人非常重视自己的节假日，节假日期间完全是自己私人的活动安排，学校一个人也没有，什么事也做不成。在国内是组织学生排练节目的好时间，可在摩尔多瓦只能等开学才能组织学生排练节目，这样的话，孔子学院的春节联欢会就改到了正月十五元宵节。

正月十五的上午，江一舟和孔院新上任的外方院长、曾在中国学习工作 14 年的阿杜先生一起来到了摩尔多瓦厄米列斯库国家大剧院联系有关演出事宜。摩尔多瓦厄米列斯库国家大剧院是以罗马尼亚诗人米哈伊·厄米列斯库命名的，以演出话剧、歌剧为主，舞台很大，是举办联欢会的好地方。阿杜院长和剧院的工作人员落实了下午使用剧场的每一个细节，如舞台布置、灯光音响等。舞台背景已经制作好了，是一面 6 米高、10 多米长的背景墙，除了摩尔多瓦国际语言学院孔子学院元宵节联欢会的字样外，还有长城、黄河、陕北大鼓等中国文化元素，显得很气派。为了加大中国文化的宣传力度，扩大联欢会影响力，吸引更多的观众来看演出，提高节目质量显得尤为重要。除孔院志愿者、教师和各个汉语教学点编排的节目精益求精外，还聘请了当地的专业演出团体和中国功夫爱好者上台表演街舞和太极拳。

下午一点，孔院的全体教师都到了摩尔多瓦厄米列斯库国家大剧院，一起动手布置会场。江一舟和几位学生在大厅前面的座椅两边挂上了红色的谜语的纸条，在大厅的柱子上贴上了"福"字的剪纸画，舞台前沿摆满了彩色气球，整个大厅里洋溢着浓厚的中国文化氛围。

联欢会让参加者和演员都沉浸在欢度新春的节日气氛中。在中国驻摩尔多瓦新上任的大使和摩尔多瓦国际语言学院校长发表了热情洋溢的讲话后，演出持续了一个多小时。

七点多了，江一舟收拾完演出大厅后，来到了国际语言学院旁边的餐厅，孔院在这里招待客人，一共有五十多人，他们是中国大使馆工作人员、国际语言学院领导和外语学院的老师，还有各个教学点的校长、在摩尔多瓦的中国机构工作人员。大家纷纷向大使和校长们敬酒，相互祝福，期待在新的一年里孔院工作更上一层楼。

> 三更尘落碧空静，
> 新月一牙映繁星。
> 午后贪茶夜无眠，
> 思遍故乡月上弦。
> 狂风乍起窗楣跳，
> 细雨洒地天破晓。
> 眺东方云遮雾绕，
> 栖小屋世外桃源。

周六，江一舟应邀去摩尔多瓦的阿斯孔尼酒庄参加酒展会。阿斯孔尼酒庄坐落于基希讷乌以南20多千米处的普霍小镇的拉劳威尼，酒庄始建于1958年。苏联解体后，1994年由摩尔多瓦人阿斯孔尼收购了酒庄，成立了阿斯孔尼酒业公司，并开始投资引进先进的酿酒设备，结合传统的酿酒工艺，一年可以酿造各种葡萄酒500万瓶之多。公司有自己的酿酒原料基地，拥有634公顷、上百个品种的葡萄园，这些葡萄园都在摩尔多瓦的中心地带，那里是世界上最适合种植葡萄的地方。身处酒庄，有几人能抵御美酒的诱惑？干红、干白、冰红、冰白，金色、紫色、粉红色，淡的、浓的，男人的、女人的，酒窖储藏 10 年以上的，各种葡萄酒摆满了桌子，身着摩尔多瓦民族服装的美女亭亭玉立，发如金色的瀑布，肌如羊脂，面如桃花，微笑着为来宾酌酒，谁能拒绝得了啊？江一舟天生酒精过敏，从来不敢饮酒。他只好接过杯子拿在手里，换个地方放下。一是美女们的盛情难却，二是对她们辛勤工作的支持。午饭安排在酒庄，土耳其烤全羊、沙拉、面包、奶酪、各种葡萄酒，丰盛的午宴，主人出于礼节频频敬酒，江一舟只能以茶代酒，两杯浓烈的熟茶不知不觉就喝没了。饭后，主人陪江一舟参观酒庄。太阳快下山了，主人才安排车送江一舟返回。酒庄在基希讷乌的郊区，车程近一个小时才到公寓。累了一天，江一舟洗漱完就躺下了。由于两杯浓茶，江一舟越睡越清醒，已是深夜了，他起身走到窗前，拉开了窗帘，应该是农历初七、初八了吧，月亮刚好亮了一半。想着自己在摩尔多瓦的任期也接近一半了，心里还是很踏实的，他一直坚守着自己的信念——圆满完成任期。江一舟心想，自己兢兢业业一辈子了，在异国他乡可不能掉链子，那是多么没面子的事。他又拉上了窗帘，躺下了。不知是几点了，窗楣哗哗作响，刮风了，天也亮了，地上湿湿的。江一舟隔着窗户朝家乡的方向看去，云飞雾绕。别想了，一个人老老实实地待在小屋不是很好吗？

五十一、踏雪送同行

　　毛毛细雨落在脸上，像一片片雪花，凉冰冰的。清晨江一舟就出门了，他要去送江苏港城科技大学外语学院的副教授于老师。于老师作为公派教师在摩尔多瓦国立大学教汉语，在摩尔多瓦任教已经两年了。摩尔多瓦国立大学只有他一个中国人。虽说国立大学是摩尔多瓦最好的大学之一，而且摩尔多瓦的国家汉语语言中心就设在国立大学，可摩尔多瓦唯一的孔子学院却不在国立大学，给汉语语言教学带来了诸多不便。民办大学的孔子学院汉语教学风生水起，各种汉语教学活动、汉语讲座、汉语等级考试等等和汉语教学有关的活动都在摩尔多瓦国际语言学院孔子学院举办，国立大学的汉语教学在摩尔多瓦显得不突出，摩尔多瓦国立大学外语学院对汉语教学也重视不起来。

　　于老师九月份探亲回到摩尔多瓦时，国立大学外语学院告诉他，国立大学不开设汉语课，这学期没有汉语课了，这让于老师非常尴尬，不远万里来教汉语，结果人家不开汉语课了。几经周折，他被安排到了国立大学信息研究所工作，让他研究中国移民的问题。后来，外语学院在学生的要求下又开了一个汉语兴趣班，每周三一次，这样于老师就得在两边工作了。有时两边都没人，他只能做好自己而已。

　　水调歌头·送于教授回国

　　细雨似雪飞，春至冬不归。

　　天阴路滑，于公戴孝离任去。

慈母辞世太急，孝子饮泪断肠，天涯路难回。

噙两眼热泪，揣一腔悲伤。

弃金钱，舍睡眠，星夜返。

送母一程，才不枉为人之子。

羔羊可知跪乳，乌鸦能晓反哺，何为万物灵。

此景有谁览，此情何以堪。

于老师的任期马上就到了，在摩尔多瓦的最后一个周末，他正忙着给亲戚、朋友买礼物时，家里传来了噩耗，他母亲突发脑出血，经医院抢救无效，不幸逝世。这下子于老师乱了方寸，不知如何是好。离任手续除工作单位、使馆鉴定以外，结算房租、银行卡销户都不能去办，人家周末不上班。此时使馆教育处和孔院的中国老师都很关心于老师，并给出了不少建议。有的建议马上改签机票回国；有的说，于老师可以马上回家，剩下的事他们帮于老师处理。江一舟也赞成立刻改签机票，在第一时间赶回去，可主意还得于老师自己拿。在于老师和家里人反复沟通，请示汉办，汉办同意改签后，于老师决定不麻烦大家了，他按原来的计划如期返回，因为有些事只能他自己办理。忠孝难两全啊！于老师默默地一个人忍受着巨大的悲痛，只能在没人的时候望着东方默默地流泪，默默地向母亲倾诉。他只能在母亲逝世的头七日返回。虽然大家提了不少建议，但谁也代替不了于老师，只能支持于老师的决定。

江一舟和于老师在摩尔多瓦还是伴儿，他们一起打发周末，一起爬山，一起郊游，一起探讨如何给摩尔多瓦学生上好汉语课。此时此刻，江一舟除了安慰于老师外，就只能多陪陪于老师。于老师要回国了，他能做的就是送他去机场。他觉得在这样一种情况下让余老师一个人走有点凄凉。江一舟目送于老师坐的车直奔基希讷乌机场而去。天灰蒙蒙的，零星的雨点夹杂着雪花，他踩着湿漉漉的人行道，慢慢地朝自己的住所走去。

夕阳还在山那边

于老师来摩尔多瓦已经两年了，对摩尔多瓦特别是基希讷乌的大街小巷都很熟悉。为了打发时光，减少寂寞，于老师只能一个人穿大街走小巷，爬山丘穿树林，他把基希讷乌都要走遍了。他经常给江一舟讲他初到摩尔多瓦时的煎熬。

于老师一下飞机，使馆教育处的老师就把他接到了摩尔多瓦国立大学的教工宿舍，向校方做了交代就回去了。于老师被校方宿舍管理人员领进教工宿舍，一看就惊呆了，房间里除了一张不到八十厘米宽的很破旧的小木床外，什么都没有。这如何是好？坐汽车，乘飞机，连续奔波了两天，旅途劳顿，疲惫不堪。这可怎么办？一口热水都没有。于老师回忆说："要不是一位中国留学生给我送了杯开水，我可能一天都喝不到热水。当时我真想打包行李回家。"当他得知孔院提前给江一舟租好了公寓并有人接风洗尘时，甚是羡慕。于老师总觉得自己太孤单，其实孔院的所有活动都请他参加，但他还是抱怨不断，一句话就是想回家。

摩尔多瓦国立大学给中国留学生和老师安排的是一样的宿舍，在基希讷乌市区东南面的一片山坡上的一幢公寓楼，白色的旧楼房，墙面到处都有脱落的疤痕，可能是苏联时期盖的火柴盒式的楼，一共有五层，住的全都是亚洲来的留学生和老师。条件之简陋，和一些中国农村中学差不多，就说厨房，里面有两张桌子，每张桌子上摆了一个电磁炉，旁边有两个洗菜瓷盆，空空荡荡的，再没有什么东西，难怪于老师抱怨不已。从此开始，于老师就度日如年般地坚持着。江一舟到基希讷乌后他才有了个伴儿，周末他们一起徒步、打乒乓球或一起做饭，这样于老师的情绪就好多了。

五十二、江苏民乐团演出

天气渐渐暖和了，是该停止供暖的时候了，可今年的春天似乎来得要晚一些。各种植物都憋足了劲儿，准备迎接春天的到来。柳树换上了新装，在徐徐微风中展示着婀娜多姿的体态。春天开花早一些的连翘也是万事俱备，只欠东风。东风迟迟不来，却迎来了东北风，从北方吹过来的寒风使摩尔多瓦的气温一下子又回到了零下三四度。人们又戴上了帽子，围上了围巾，穿上了厚厚的冬衣。气温像过山车一样忽高忽低，让人们分不清是冬天还是春天。

摩尔多瓦的又一个春天到了，摩尔多瓦人每年 3 月份都要举办各种各样的迎春活动。摩尔多瓦的一枝花节（也有人翻译成迎春花节）又到了，摩尔多瓦男女老少都要佩戴红白两色的小花配饰，欢天喜地举办各种娱乐活动，迎接春天的到来。商店门上都挂上了红白两色的花朵饰物，来庆祝节日、吸引顾客。

为了配合摩尔多瓦人民的迎春活动，中国驻摩尔多瓦大使馆每年都要邀请国内的演出团体来摩尔多瓦演出。今年江苏民族管弦乐团应邀来摩尔多瓦参加"一枝花"迎春节。江苏民族管弦乐团是由一名男指挥、十一名女乐手组成的中国民族管弦乐队。乐器有二胡、京胡、琵琶、月琴、唢呐、笛子，还有大提琴、中提琴和印度鼓及中国的一些打击乐器。不远万里、漂洋过海来到摩尔多瓦，让摩尔多瓦人欣赏中国的民乐、了解中国博大精深的文化、历史，是多么了不起的一件事啊！

为了显示中国和摩尔多瓦的文化交流的开展，此次演出的承办方是中国驻摩尔多瓦大使馆和摩尔多瓦文化部，中国驻摩尔多瓦大使先生和摩尔多瓦文化部部长先生都亲临现场并致辞。摩尔多瓦人很喜欢传统民乐，摩尔多瓦电视台有两个频道是民族舞蹈、民族歌曲和民族乐器台，一打开就是身着摩尔多瓦民族服装的歌手或器乐演奏家在花红叶绿的草坪上或民族风味十足的室内演唱、弹奏或翩翩起舞。当然，他们对中国的文化了解太少了，一曲《春江花月夜》使他们如醉如痴，一曲《喜洋洋》使他们随着舞台上的节奏在座椅上扭了起来，一曲《二泉印月》使他们屏住呼吸，泪湿了眼眶。音乐是没有国界的，也不需要用语言来解释，大家都感受到了，演员懂了，观众懂了，大家都懂了。

五十三、毕业考试

　　快要立夏了，基希讷乌的寒气依然没有退去，早晚阵阵北风是那么的清凉，迎面吹来，人们不禁要打个寒颤。冬装、帽子和围巾仍然是人们穿戴的主角。大多数树还没有发芽，光秃秃的，耐不住寂寞的桃花绽开了如冰似玉般羞涩的花瓣，抢先拥抱春天。一弯月亮、几颗星星在东边的天空中闪烁。江一舟来基希讷乌已两个年头了，这是他在国外度过的第二个清明节。清明节是摩尔多瓦人的重要节日之一，其文化内涵和中国文化相似。摩尔多瓦人也是全家出动去扫墓、踏青。每年政府都要组织公交车，开通通往各个主要公墓的免费公交路线。今年会怎样呢？从去年九月初开始的抗议活动还没有结束，政府和议会大楼前抗议者搭建的帐篷至今没有拆除。摩尔多瓦议会通过了十月份大选的议案，各党派在忙于筹备大选，市面上很平静，物价稳定，希望摩尔多瓦人度过一个平安的清明节。

　　　　　风清树瘦桃花秀，
　　　　　月细星稀东边有。
　　　　　静思子推奉重耳，
　　　　　火烧丹心染汗青。
　　　　　子度他乡再寒食，
　　　　　苦觅白云寄追思。

　　江一舟上的是毕业班的课，课程在四月初就结束了，学校通知四月中旬毕业考。这段时间江一舟的主要任务就是出考试题。他把教案翻阅了一遍，想想班上的学生对每节课的反映，他在想如何既能反映学生的真实水平，又能让学生都毕业，两全其美。他放下了手头的笔，站起来走到窗户跟前，向对面的山坡望去，幢幢大楼掩没在树林中，他去过那儿，在山坡下面有三个天然湖，顺山谷而下，湖周围绿树成荫，芦苇连片，野鸭、鸳鸯和不认识的水鸟在水面上嬉戏。树荫下的连椅上，三三两两的人坐着享受大自然的恩赐。湖边上的芦苇旁，有一两个人在钓鱼。

时光飞逝，一眨眼又是清明节了。去年清明节时，他在上"英汉文学翻译"课，于是他给学生们讲了中国人为什么有清明节，中国人怎么过清明节。这一次他更加仔细地给学生讲述了中国清明节的来历和传说，使学生对中国的清明节了解得更深刻了。

在中国清明节原指二十四个节气之一，春分后十五天，是在仲春与暮春之交，也就是冬至后的第一百零八天。中国汉族传统的清明节大约始于周代，距今已有两千五百多年的历史。受汉族文化的影响，中国南北各地的少数民族如满族、赫哲族、壮族和苗族等也过清明节。虽然各地习俗不尽相同，但扫墓祭祖、踏青郊游是主题。清明节是中国重要的"时年八节"之一，一般是在公历 4 月 5 号前后。此时万物生长，皆清洁而明净。后来人们在这一天去墓地祭奠故去的亲人，以警世人，珍惜人生时光，不可虚度。江一舟慢慢地抬起头望着向东飘去的朵朵白云，暗暗地寄托着对故去亲人的哀思。此时国内已是傍晚，人们通过扫墓缅怀亲人，追忆他们的无私奉献，养育恩情和人生的短暂让人们的心灵受到了又一次洗礼。

同学们要毕业考试了，江一舟在出考试题时非常纠结，他不知道如何是好。学生们要毕业了，一个个眼巴巴地等待着毕业证。学生中有几个已经生儿育女了，有的工作已经有些时间了。按照教学大纲和课程目标要求出题，这些人中有几个肯定过不了。不管其他课程他们学得怎样，就英汉翻译专业而言，汉语过不了关，怎能毕业呢？

五十三、毕业考试

205

摩尔多瓦国际语言学院按照摩尔多瓦教育部颁布的教学大纲而设置的课程有严格的管理流程，每一节课上课老师都得签字，一是课堂记录，二是学生情况登记表、学生考勤表，任课教师都要一一签字。从这些管理制度上来看，似乎管理很规范。特别是缺课的学生，要按缺课次数来交钱，然后才可以参加期末或毕业考试。江一舟也理解学生缺课就得交钱的做法。国际语言学院规定，一学期缺课超过50%就取消考试资格，50%以内，10%不用缴费，剩下的40%按每节课10列伊缴费后方可参加考试。就这样有些学生仍然不来上课，或三天打鱼两天晒网。学习和办学都不容易。

虽说是毕业考，但主要还是考本学期学的内容，江一舟为了使学生们能体面地毕业，在听课复习时，给同学们重点复习了考试范围的内容。可有些学生仍然心不在焉，他们根本不担心毕业考试的事，好像他们学得很好，考试没问题。他们想着照毕业照穿什么衣服、在哪儿买或借学士服照相。江一舟心里想，孩子就是孩子，不管是哪个国家的都一样。

下课后江一舟回到公寓，打开了电脑，调出了试题，重新调整了试题难易比重，减掉了近三分之一的内容。江一舟自言自语地说："我能做的恐怕就这么多了，等考完试再看情况吧。"

雨下了一天一夜，窗外的雨水一会儿打在阳台的防雨棚上，发出叮叮咚咚的声音，一会儿又悄无声息。天亮了，乌云从北向南滚滚而去，山丘上的湿气和远处的乌云连成一片，分不清哪儿是天，哪儿是地，到处雾蒙蒙的。江一舟按时起床了，今天他的学生要毕业考试了，他好像比学生还紧张。他多么希望学生都能通过考试而顺利毕业。到点了，他换好了衣服，穿好鞋，拿起电脑包就要出门，刚打开门又把门关上了。他转身把包放到鞋柜上，打开仔细检查了一遍，试卷、笔、成绩登记表、考勤表，当然了，还有老花镜等他上课时常带的东西。其实就在昨晚睡觉前，他一一做了检查，试卷也一张一张数了一遍。

江一舟提前五分钟走进了教室，学生们都到齐了，江一舟心里平静了许多。他担心有个别学生不来，就会造成他们毕业上的困难。学生不在乎，可就像家长一样的老师在乎，读了三年书，没有毕业，这不应该。考试就得有个考试的样子，江一舟想要求同学们单人单桌，做不到。只有十九个座位的教室，十六位学生考试，如何单人单桌呢？考试时间和地点是学校安排好的，教师不能随意变动。

他进教室向同学们问好后，就在白板上写上了考试时间，然后就开始发试卷。试卷只有三张 A4 纸，题量和难易程度是江一舟反复斟酌过的。学生拿到试卷后，江一舟提醒同学们先写好姓名，再开始答卷，并且要求请不要使用手机。学生拿的智能手机都下载有翻译软件，有些学生全靠手机来完成考试。学得好一些的偶尔查一个单词，学得差的学生就照着手机的翻译往上面写。有的照着写，也写不对呀。有一点交头接耳，江一舟坚决制止了。江一舟想，就当作自习课，各自学一点也可以，几乎是开卷考试了。就这样的学校，这样的学生，这样的国情，作为一名孔院教师无能为力，这也算是入乡随俗吧。

五十四、友好的摩尔多瓦人民

花开了、树绿了，来摩尔多瓦快两年了。刚来时的各种感觉，新鲜、好奇，都慢慢地淡化了，没有了。一切又仿佛回到了国内，就连金发碧眼的摩尔多瓦人都看成了国内的黑头发黄皮肤的中国人。也许是对环境熟悉了的缘故吧，不用讲俄语、罗马尼亚语也能借助肢体语言和比比划划完成问路或购物。最让江一舟难以忘记的是摩尔多瓦人对中国人的友好。

国际连锁超市麦德龙在基希讷乌有两家，都在市郊，没有直达的公交车，公共交通只有小巴、面包车。基希讷乌的小巴可通往市区的大街小巷，给人们出行带来了便利。江一舟坐22路电车到终点站下车后又走了近两站路，来到了麦德龙超市。超市里的海鲜相对要多一些，选择余地大一点。江一舟买了一袋虾、一袋海鱼，走出了超市。天气特别好，他站在超市前的停车大广场上，迎着阵阵微风，望着碧空白云下连绵起伏的山丘，绿油油的望不到边。来麦德龙购物的当地人都是开私家车过来的。江一舟有点不想再走两站路坐公共电车回去。他扫视了一下停车场，发现在停车场的右手处有小巴，于是他就走了过去。小巴有两路车，113路和165路，他看到113路小巴车头窗户的玻璃上有"中心市场"的牌子。江一舟的公寓离中心市场不足200米。江一舟还在犹豫时，车开了，司机向他招手，询问他走不走。据说基希讷乌的小巴被俄罗斯人经营着，主要讲俄语。江一舟心想，走一次探探路，以后坐小巴来麦德龙超市就方便多了。于是江一舟就上了车，坐到了一个单人的座位上。江一舟人坐上了车，但心里还是悬着，他不知道行车路线和车的终点，关键是语言不通，没法询问。他只能看着车外面，判断着行车的方向和路线。113 路车向着市区开去，江一舟心里想，这车还是坐对了，再往前面向左拐就到中心超市了，该下车了。就在拐弯处，车没有拐弯而是直行了，很快过了市区东边的大桥，朝另外一个区开去。江一舟想，这可怎么办？车是否会在前面掉头开回来？有可能，因为小巴总是穿梭于小巷里面。江一舟自我安慰着，可车越走越远，他已经不知道车到了什么地方。他一看时间，下午 6 点钟，他想，没关系，基希讷乌的夏天 9 点左右才天黑，还有时间，于是他继续观察车行驶的方向，可越走离市区越远。他沉不住气了，于是他问旁边的人谁会讲英语。人们都摇头，一位乘客示意江一舟说意大利语，江一舟摇头。他用简单的罗马尼亚语说："我是中国人，我要去中心市场。"他一边说一边手指着车窗玻璃上罗马尼亚语的中心市场的牌子。当他说第三次时，坐在他后面的一位男子似乎明白了江一舟的意思，他们相互交流了一下。这位男子站了起来，示意江一舟跟着他，江一舟起身跟在了他的身后，不一会儿车到了站，江一舟跟着下了车，又跟着过了马路，站在了马路边。这位男子一边说着一边比比划划，江一舟明白了，他让江一舟坐 113 路车返回中心市场，江一舟刚才坐的 113 的终点不是中心市场。这位好心男子一直陪着江一舟，直到 113 路车过来，他招手让车停下，看着江一舟上了车，才挥手离去。虽然在路上耽搁了一点时间，但江一舟感受到了摩尔多瓦人真诚和友好，感受到了人间纯朴的真情，那一点时间算得了什么？

冬归春至，年复一年，江一舟站在阳台上向西北方向望去，隐蔽在茂密森林中的密密麻麻的楼房挡住了他的视线。山后面发生了什么，在发生什么，将会发生什么，是山后面人们的事了。想想自己这两年的工作经历，江一舟深有感触，他了解了摩尔多瓦的历史文化，了解了朴实善良的摩尔多瓦人民。他也在摩尔多瓦留下了自己的脚印，浅浅的脚印，一阵清风就会抹去，但它存在过，就足够了。